Erase una vez en el festival del queso rodante en Gloucester

Corazones Entrelazados, Volume 2

Eli Key

Published by Eli Key, 2024.

ERASE UNA VEZ EN EL FESTIVAL DEL QUESO RODANTE EN GLOUCESTER

First edition. March 17, 2024.

ISBN: 979-8224822690

Written by Eli Key.

Also by Eli Key

Cascadas de Perlas Zafiro
Alyséth: Crónicas de Magia y Guerra
La Prisionera de las Mil Noches

Corazones Entrelazados
Un invierno cualquiera en Newport
Erase una vez en el festival del queso rodante en Gloucester
Decepciones y Causalidades en Leeds
El atardecer del último día de otoño

Presagios Vespertinos
Regiones Encadenadas
Cuando caen las Sombras
Clérigos y Guardianes

Standalone
Cuando el corazón siente la obligación de continuar
Por muy difíciles que sean las cosas...

Cómo escribir un libro
Decisiones de Acero
El Secreto de la Niña de Madera
El Podador y el Corazón Lúgubre
La esclava y las estrellas
LA PORTADORA DEL UKRAFT
EL CANTO DEL SÉPTIMO SELLO

A Dios por el talento otorgado, y a mi familia por su apoyo incondicional.

Todo tiene valor en esta vida, y cuando se trata de amor, el asunto se pone delicado. El corazón formula sus leyes, y la mente sus propios razonamientos. El truco es saber qué hacer en un momento determinado, cuando las pautas parecen no ser las indicadas. Sin embargo, todo se reduce a elegir, a escoger cuál rumbo será el mejor

Érase una vez, en el Festival del queso
De Gloucester

Corazones entrelazados 2

Eli Key

Amar sin ser amado, es verdadero amor. Porque el amor lo conquista todo y lo que damos se nos regresa con creces.

Esta es una obra de ficción. Las similitudes con personas, lugares o eventos reales son totalmente coincidentes.

Érase una vez en el festival del queso rodante de Gloucester

Primera edición. Marzo 17, 2024.

Copyright © 2024 Eli Key. Escrito por Eli Key

Contenido

PRÓLOGO

"Eché a correr por el jardín después del desayuno —dijo Jinny—. Al ver que las hojas se movían en un hueco en el seto, pensé: «Es un pájaro en su nido». Apartándome de los demás, fui a mirar, pero no encontré ningún nido. Las hojas continuaban moviéndose: entonces tuve miedo y eché a correr otra vez pasando junto a Susana, junto a Rhoda y junto a Neville y Bernardo que estaban conversando en la caseta del jardinero. Corrí cada vez más ligero, gritando. ¿Qué fue lo que movió las hojas? ¿Qué es lo que mueve mi corazón, mis piernas? Y me precipité donde estabas tú, Luis. verde como un arbusto, como una rama inmóvil, con los ojos fijos. «¿Estará muerto...?», pensé y te besé mientras mi corazón brincaba bajo mi traje rosado como las hojas que se mueven sin cesar, incluso cuando no hay nada, que las remueva. Siento ahora el perfume de los geranios, siento el olor a tierra húmeda... Me pongo a danzar como una burbuja, me siento lanzada sobre ti como una red de luz que te envuelve todo entero y queda vibrando sobre ti."

(Las Olas — Virginia Woolf)

Ailana

"El cielo": ¡es lo que no puedo alcanzar!
La Manzana en el árbol:
siempre y cuando no tenga esperanzas,
cuelgue, eso: "Él cielo" es: ¡para mí!
El color, en la nube que cruza
: la tierra prohibida,
detrás de la colina, la casa detrás,
allí se encuentra el paraíso.
Sus burlas púrpuras — Tardes—
Los crédulos — Señuelo —
Enamorados — del prestidigitador —
Eso nos rechazó — ¡Ayer!

Emily Dickinson

CAPÍTULO 1

La mañana de aquel inicio de primavera se desplegó con una lentitud deliberada, como si el tiempo mismo dudara en avanzar. Yo sostenía una taza de café caliente entre las manos, buscando en la cerámica el calor que mi propio cuerpo parecía incapaz de generar por sí solo. Me encontraba recostado contra la columna que dividía el salón, un punto de apoyo físico para una mente que oscilaba entre la ansiedad y la expectativa. El reloj acababa de marcar las nueve y media, y la soledad, sobria y silenciosa, se paseaba a sus anchas por los rincones de mi hogar, ocupando el espacio que pronto dejaría de pertenecerme en exclusividad.

La luz natural, filtrada a través de los amplios ventanales, bañaba la estancia con una influencia cálida, casi táctil. El sol, ese ingrediente primordial en la alquimia de la vida, se adueñaba de las alfombras y los muebles, revelando partículas de polvo que danzaban en el aire estático. En los espacios donde el astro rey no alcanzaba a imponer su dominio, como los pasillos y los armarios, la luz artificial cumplía su función con una eficiencia fría; sin embargo, para el resto de la casa, las habitaciones y las entradas, todo se vestía de una claridad matinal franca y espléndida.

Y en medio de ese irrumpir diurno, el sonido de alguien llamando a la puerta principal quebró el silencio. Una llamada firme, y segura.

Descendí los pocos escalones que conducían al recibidor, sintiendo cómo el corazón me golpeaba por dentro. Aferré el picaporte de bronce, y despacio tiré de él.

—¡Señor Hadrien! —exclamó Ailana.

Una bella trigueña cuyos ojos color miel poseían la capacidad de desarmarme. me saludó, acompañado de una sonrisa que parecía contener toda la luz que le faltaba a mi espíritu. Su semblante se mostraba sereno, un lienzo de calma en medio de mi tormenta interna. El rostro, cuidado con una particular atención, lucía cubierto por una leve tonalidad producto del maquillaje, mientras que sus labios medianos, retocados con suavidad en un granate oscuro, le conferían un aspecto de sensualidad contenida pero innegable. Su cabello negro, cortado con un estilo moderno, caía con una sencillez estudiada que enmarcaba sus facciones.

Vestía una playera blanca con inscripciones negras que se acentuaban como grafitis urbanos, una elección que denotaba su juventud y desenfado. Los jeans negros se ceñían a su cuerpo como una segunda piel, finalizando en unos zapatos de tacón color bordó que resonaban con autoridad sobre el pavimento. Llevaba consigo un par de pulseras de oro y plata que tintineaban con cada movimiento, y una delicada gargantilla de oro de la que pendía un corazón grabado con su nombre, descansando sobre la base de su cuello. Una cartera de mano de cuero, a juego con su calzado, completaba la imagen, junto a esa sonrisa bien elaborada que actuaba como mi faro.

—Hola, Ailana.

—¿Estás preparado? Espero que los nervios no te tomen desprevenido. Mis padres no se caracterizan por una rigidez excesiva. Te caerán bien, ya lo verás.

—¿Tus padres? No, no me siento nervioso —mentí, tratando de sostener su mirada. Observé la suave ondulación en el centelleo de sus ojos, un brillo que delataba su felicidad por lo que estaba por suceder. Para ella, este encuentro representaba un paso natural; pero para mí, se antojaba como un juicio sumario.

—Muy bien, guapo. Esperaremos unos minutos de todas formas. Te habrás dado cuenta de que he venido antes de lo previsto, pero existía una buena razón. Deseaba prepararte antes de verlos, ofrecerte un momento de calma antes de la tormenta, si es que acaso, llega a haberla.

—Me parece acertado, dado que lo que sé de ellos, apenas llena una página de mis libretas.

El beso que siguió se manifestó ardiente, cargado del afecto más cándido y, a la vez, de una urgencia desesperada. Succioné su hermosa lengua, buscando en su sabor, una confirmación de que, pasara lo que pasara en las próximas horas, nosotros seguiríamos existiendo. ¿Qué otra cosa puede suceder en momentos como estos, entre dos enamorados al borde de un precipicio social?

Poco después, nos acomodamos en el sillón grande de mi sala de estar. Iniciamos un diálogo donde sus ojos y su rostro se iluminaban cada vez que mencionaba a sus progenitores. Yo comprendía, con una claridad dolorosa, que, para mí dulce prometida, la velada constituía un evento trascendental. En ese punto, entendía también que, el reto de un presumible rechazo por parte de sus padres se perfilaba como algo inevitable, como una sombra que se alargaba sobre nosotros.

Verán, he sido escritor durante años y todavía ejerzo el oficio. También dibujo y he incursionado en grupos literarios, un currículum que, a ojos de una familia conservadora, podría interpretarse como sinónimo de inestabilidad y pobreza. Es decir, no se vería con buenos ojos para mis futuros suegros el que su hija saliera con un empedernido romántico de letras y acuarelas, alguien que vive de inventar mundos, en lugar de construir los cimientos en este.

Y tras brindarme algunos consejos, información y datos precisos acerca de los temas de conversación que fluían con mayor naturalidad en torno a sus padres, decidimos poner rumbo hacia el aposento real de los Smith.

Recorrimos las calles y avenidas, desde el 30 Cross St hasta el 4 Field Ln de Upton, a bordo del Bristol Fighter de mi prometida. El vehículo, una máquina de elegancia y potencia, me gustaba mucho más que mi propio BMW X3, aunque su lujo solo servía para recordarme la disparidad de nuestros orígenes.

Durante el trayecto, intentaba calmarme repitiendo para mis adentros frases de aliento que había aprendido en un retiro de negocios hacía dos años. "Soy suficiente, soy capaz, soy digno". Y en ese punto de conexión con tranquilidad que buscaba, ponía en práctica una forma innovadora que, consistía en repetir de cinco a diez veces una frase y luego intercambiar el orden de las palabras, ajustando nuevas oraciones, buscando en la sintaxis un refugio que la realidad me negaba.

Cuando comprobé que los edificios familiares comenzaban a aparecer y nos acercábamos a nuestro objetivo primario, el pánico empezó a susurrar detrás de mis oídos con una voz sibilante: *¿Y si te quedas sin palabras? ¿Y si el tartamudeo infantil regresa? ¿Y si, en un escenario irreal de temblor, te comportas como un ogro incivilizado en la mesa de la realeza?*

Ailana, quien se había percatado de mi mutismo, detuvo el auto a un costado del camino. Me observó con una intensidad que sugería que estaba dispuesta a saltar al vacío conmigo si yo se lo pedía.

—¿Quieres devolverte? —preguntó vacilante, y yo la vi abriendo mis ojos como si despertara de un trance—. Cariño, entenderé si no quieres seguir. No me molesta. Regresaremos otro día, les llamaré y lo pospondremos por cuestiones laborales. Ellos entenderán. O fingirán hacerlo.

—No, no... es solo que... —suspiré, y el aire salió de mis pulmones como si llevara años atrapado allí—. Tengo miedo de no encajar. Yo... no deseo avergonzarte, mucho menos delante de las personas que te dieron la vida.

—Mi amor...

—Ailana, te amo y lo sabes. Solo que, no lo sé... jamás pensé que llegaría al punto de conocer a tus padres de esta manera formal. Sé que no constituye nada del otro mundo para la mayoría, sin embargo, no me encuentro familiarizado con este tipo de compromisos. Mi vida ha transcurrido entre páginas y lienzos, no en salones de té.

—¿No quieres entonces? —dijo por lo bajo, fijando sus ojos en mí con una vulnerabilidad que me puso incómodo.

—Ese resulta ser el punto; yo quiero hacerlo. Quiero hacerlo precisamente porque es algo que a ti te agradaría. Porque te importa.

—¿Lo estás haciendo por mí? ¿Es eso lo que me quieres decir?

—Sí, ese se constituye como el único motivo válido.

Me contempló emocionada y luminosa, y luego se inclinó sobre la palanca de cambios para abrazarme. El olor de su perfume, una mezcla de jazmín y algo más terrenal, inundó mis sentidos.

—Gracias, gracias. Me haces tan feliz. Y descuida, todo saldrá bien. Y de no resultar así, al menos lo habremos intentado. Toma aire y relájate, ¿sí?

Regresó al camino y el motor del Bristol Fighter rugió suavemente al retomar las últimas millas que nos separaban de nuestro destino.

—Espero hacerlo bien —murmuré, más para mí que para ella.

—Estaremos allí en cinco minutos. Todo saldrá bien, tampoco se trata de solicitar credenciales para abandonar el planeta, aunque sé que a veces se siente así.

La casa de los Smith se alzó ante mí, como una corte de la que no saldría indemne.

Construida con ladrillos a la vista, sus paredes presentaban un color beige sobrio y elegante, mientras que el negro dominaba en cada una de sus rejas y portones. Pude observar, además, un jardín bien cuidado, con flores de variados diseños.

Ailana estacionó su auto en la entrada y ambos descendimos. El aire se sentía diferente allí, más denso, cargado de expectativas. Enseguida, ella se volteó hacia mí y, con un gesto maternal, arregló el cuello de mi camisa.

—¡Ailana! —escuchamos desde un extremo de la acera.

Una mujer la llamaba con su mano derecha en alto. Deduje que se trataba de su madre, Jackie, dado que mi mente ya almacenaba las características que su bendita hija me había proporcionado. Detrás de ella, un hombre le seguía los pasos como una sombra protectora. También supe que se trataba de su padre, Joseph. El sujeto nos observaba con una mirada cansina pero atenta, evaluando la situación. De postura educada, cabellos negros y un rostro inconfundiblemente irlandés, lucía una barba ligeramente abultada por debajo de la barbilla. Su semblante, cortés y robusto, imponía respeto. Vestía una camisa negra y un pantalón de vestir gris que denotaban una formalidad casual.

Su esposa, por otro lado, se mostraba como una mujer delgada de fresco semblante. Su rostro anguloso y nariz griega, junto a unos ojos similares a los de su hija, enseñaban una aguda inteligencia. De tez clara, mirada alegre y luminosa, llevaba una camisa blanca de seda y una pollera estilo escocés que llegaba hasta los tobillos, combinada con un buen par de botas negras.

Y sí, lo admito, la escena me dejó perplejo y me sentí pequeño. ¿Quién en su sano juicio se acercaría a la cueva materna portando un endeble título de escritor con esperanzas frente a tal solidez burguesa?

—¡Mamá! ¡Papá! —respondió Ailana.

Caminé con pasos firmes hacia ellos, obligando a mis piernas a moverse, siguiendo las huellas invisibles dejadas por mi adorable cervatillo que acababa de abandonarme en el más serio de los predicamentos.

«¿Quién eres, remilgo de humano?», me pareció ver escrito en los ojos de su enorme padre mientras me acercaba. *«¿Por qué sigues a mi pequeña? ¿Qué tienes para ofrecerle?»*

—¡Mami, papi! ¡Este es mi novio, Hadrien! —dijo ella con una sonrisa que abarcaba todo su rostro.

Me aclaré la garganta, que por el momento funcionaba con la eficacia de un motor oxidado.

—Hola, señor y señora Smith. Encantados de conocerlos —dije, y mi voz sonó extraña en mis propios oídos.

—Mucho gusto, joven Hadrien —respondió la madre en un tono dulce que prometía tregua.

Su padre, por el contrario, murmuró algo ininteligible, un sonido gutural que se asemejaba a un gruñido leve. Este sonido se convirtió en uno más notorio, cuando mi fiel doncella de los prados se arrojó a mi cuello para darme un sonoro beso en la mejilla, marcando territorio frente al patriarca.

«Linda, por favor, harás que este oso me mate antes de ingresar a la casa.»

El interior de la morada me asombró. Brillaba con un equilibrio exquisito, el reflejo de un gusto personal cultivado durante años. El salón principal ostentaba una armonía basada en la perfecta combinación de colores frescos, los cuales generaban una impresión de bienvenida. La agradable iluminación, provista por unos amplios ventanales, determinaba una actitud saludable y, sobre todo, cálida, contrarrestando la frialdad que yo esperaba. El living contenía varios muebles de un tono bermejo que invitaban al descanso.

Había también un sofá tapizado en eco piel y un par de sillones con un acabado arabesco en los bordes que denotaba calidad. Hacia el centro de la habitación, una mesa de roble con estupendos grabados dominaba el espacio, rodeada por seis sillas del mismo material que aguardaban comensales. Una chimenea perfectamente empotrada con caracteres rústicos prometía calor en los inviernos, y una colorida alfombra de diseño color aceituna, con suaves tonos orientales, cubría el suelo, atrayendo la mirada.

Percibí, además, otros adornos, en especial aquellos referentes a la naturaleza, que suavizaban la formalidad del entorno. Algunos jarrones de porcelana china descansaban delicadamente en repisas dispuestas para tal uso, y una mesa ratón lucía un tapete de tono azul, bordado con singulares dibujos europeos. Más allá, y a un lado de la distinguida sala, otra habitación visible se destinaba a compartir la comida en familia. Por lo pronto, una sencilla mesa de caoba, con sus respectivas sillas, serviría de escenario para el encuentro.

Sorprendido por el grato recibimiento y la comodidad del lugar, sentí que mi ánimo mejoraba ligeramente. Desinteresado por voluntad propia de mis miedos, y por extraño que parezca, me adentré en ese notable lugar de residencia de mi adorable flor de loto. Para mi asombro, noté la presencia de dos perros Cavalier King Charles Spaniel de color café. Peculiares y maravillosos, me husmearon con sus típicos gestos amistosos y al momento se alejaron, simpáticos y satisfechos, como si hubieran aprobado mi olor. Yo sabía, por información acreditada de parte de mi dulce prometida, que los saludos que estos pequeños canes extendían a los desconocidos no siempre resultaban favorables. A menos que se les compartiera unas galletitas que solían degustar a su antojo. Las cuales, por supuesto, habían sido cedidas de antemano a este humilde plebeyo.

La singular atmósfera que se respiraba en el ambiente llenaba de expectativas mi tímido intelecto. Jackie, sonriente, rompió el hielo.

—Ailana nos comentó cómo ayudaste a una mujer en problemas la semana pasada. Resultó un acto muy valiente de tu parte.

Sentí el calor subir a mis mejillas.

—No constituyó gran cosa. Hice lo que debía hacer —repuse, incómodo con el elogio.

—Y temerario —añadió Joseph—. Sé prudente y siempre vigila tu entorno, Cap.

—Lo tendré en cuenta, señor, aunque no me considero el Capitán América, solo un sencillo voluntario de...

—Hijo, no insultes mi inteligencia —interrumpió con voz grave, y sentí cómo mi sangre se detenía en seco—. No me refiero a ese niño bonito de escudo laminoso, sino al Capitán Británico.

Un silencio pesado cayó sobre la sala.

—Oh, lo siento, señor.

—Demasiado atento tu amigo, Ailana. Temo que se vaya a desmayar por el mero esfuerzo de emitir sus palabras.

Solo atiné a sonreír, una mueca congelada en mi rostro. Ailana se me acercó y me abrazó, ajena a la tensión o quizás tratando de disiparla.

—¿No resulta lindo?

—¿Se trata de tu mascota, acaso? —disparó Joseph.

—¡Joseph! —intervino su esposa, golpeándolo con suavidad en el hombro, un gesto que denotaba años de corregir sus brusquedades—. Vengan, por favor, sentémonos. Pronto estará la cena.

Ailana, que parecía inmune a los dardos que su padre arrojaba con precisión militar, me susurró al oído:

—Les has caído bien, relájate.

Yo suspiré, tratando de creerle. Conservé la compostura a pesar de que los nervios amenazaban con desbordarse. Mi sangre, por fortuna, continuó su recorrido sin demasiados problemas, evitando el desmayo que Joseph había predicho. Jackie se retiró a la cocina con Ailana, dejándome a solas con el jefe de hogar. De repente, la sala acogedora se transformó en mi imaginación en una sala de interrogatorio de la Gestapo, con Joseph como el oficial a cargo.

—¿De dónde procedes, muchacho? —inquirió viéndome fijamente.

Me incliné instintivamente para ver en dirección de donde estaban Ailana y su madre, buscando auxilio. El hombre agregó con firmeza, cortando mi ruta de escape.

—¡Te lo he preguntado a ti, camarada, no la busques a ella! ¿O acaso te encuentras incapacitado para responder por ti mismo?

Me enderecé, sintiendo un chispazo de orgullo propio.

—De Leeds, señor, aunque en realidad mis padres provienen de Irlanda y estuvimos un tiempo residiendo en Londres —contesté de una vez, manteniendo mi voz firme.

—Te dedicas a escribir, ¿no es cierto? —se escuchó la voz de Jackie desde la cocina.

—Sí, señora.

—¿Cuántos llevas? —indagó el buen hombre de la casa, volviendo a la carga.

—¿Señor?

—¿Obras, hijo? ¿Libros? ¿Cosas terminadas?

—Una novela que se compone de tres volúmenes. Actualmente me encuentro corrigiendo el tercero.

—¡Vamos, chico! Explícate. Añade más oraciones a tus respuestas. No cobramos por palabra aquí.

«¿Cuál es tu problema, hombre?», pensé, sintiendo cómo la frustración empezaba a mezclarse con el miedo.

—Me hallo corrigiendo el tercer volumen. Tengo en curso otro proyecto diferente. Leo cada vez que las circunstancias lo permiten y trabajo en un centro comercial para sostenerme. Y, por supuesto, amo a su hija; ella actúa como un pilar fundamental en mi vida.

Los ojos del hombre me vieron con una atención renovada, casi quirúrgica. Me arrepentí de esas últimas palabras tan pronto como salieron de mi boca; sonaban demasiado vulnerables, demasiado expuestas. Ya me encontraba listo para gritar de pánico pidiendo ayuda cuando, Jackie y Ailana, reaparecieron, trayendo consigo la cena como una ofrenda de paz. El tiburón cambió de rumbo al oler la comida.

—¡Oh! ¡Qué bien, mis niñas! ¡Me encuentro famélico! —exclamó frotándose las manos, transformándose instantáneamente de inquisidor a padre hambriento.

La algarabía usual antes de comer se desbordó en risas y agradecimientos, llenando el espacio con una normal bienvenida. Una vez más, mi sangre contenida liberó su torrente, corriendo con libertad. Aliviado, sostuve mi pulso con los dedos discretamente y pedí ir al sanitario.

—Me parece bien, joven —dijo Joseph, sin mirarme—. Aséate un poco, tal parece que el calor no te trata bien. Estás pálido.

—Curioso —acotó Jackie con una sonrisa cómplice—, porque aquí nos sentimos a gusto. ¡Tranquilo, muchacho, te esperaremos!

—Te acompaño —expresó mi amada, sus ojos dulces y expresivos prometiendo protección.

—¿No posee la capacidad de ir solo, que tienes que acompañarlo? —bufó su padre.

—Joseph, cariño, ya basta. ¿No te parece que ha llegado la hora de que dejes de ponerlo a prueba?

Refunfuñando, el gran anfitrión meneó la cabeza y aceptó la tregua, aunque sus ojos seguían vigilantes. ¡Bendita seas, Jackie!

Al regresar al salón, nada me hizo pensar que el resto de la velada habría de transcurrir de la manera más agradable posible. El plato principal, que suele servirse los domingos —asado de ternera, cordero, patatas asadas, verduras y salsa—, se presentó como lo más delicioso que había probado en mucho tiempo. El aroma llenaba la habitación, prometiendo consuelo.

—¿Nos harás los honores? —pidió Jackie con amabilidad, mirándome.

Yo los vi, confundido, como si se tratase de un acertijo complejo. Joseph cruzó las manos en actitud de oración sobre la mesa. Entendí a lo que se refería. De pronto, me sentí como si transportara algún tipo de fuego sagrado, una responsabilidad antigua. Gracias al Cielo que mi madre pertenecía a esa estirpe de mujeres que hacen de ese gesto, tan plausible como noble, un ejercicio para toda la vida. Un agradecimiento breve y conciso brotó de mis labios. La sonrisa de Ailana resultó el indicativo inequívoco de haber ejecutado una buena acción de gracias.

—¿No te enseñaron a dar gracias de pequeño, muchacho? —cuestionó el gentil publicano, juzgándome de buenas a primeras por mi vacilación inicial.

—Ya, cariño, basta —intervino mi loable defensora, Jackie—. Resulta suficiente. Tengamos una cálida cena en paz.

—Muy bien, linda.

Los minutos transcurrieron en el mejor de las costumbres, fluyendo como un río tranquilo. Hablamos un poco de esto y otro poco de aquello. Jackie intercalaba historias de la familia y eventos presentes, relatando hechos y exponiendo logros y cualidades de su hija con un orgullo evidente. También mencionó, los proyectos que incluían una saludable realización en la vida de Ailana. Mi prometida, visiblemente avergonzada por tanta atención, buscó torcer el rumbo de la conversación en todo momento, intentando desviar el foco. Pero su madre volvía sobre ella, quizás porque deseaba que yo supiera, sin lugar a dudas, la clase de mujer con la que pretendía comprometerme.

La expresión de su padre, por el contrario, se mantenía como una continua afirmación en silencio. Su concentración durante la cena y su desinterés por participar verbalmente resultaban comprensibles; detestaba hablar y comer a la vez. Sonreía de tanto en tanto, un acto fingido tal vez, pero sin lugar a dudas cortés, cumpliendo con el protocolo mínimo.

Hacia el final, con el postre incluido, nos dirigimos al living. Allí compartiríamos un té, el último acto de esta obra.

—Señor Hadrien —comenzó mi buen anfitrión, dejando su taza sobre el platillo con un tintineo suave—; puesto que has esquivado todo lo que te he arrojado con paciencia franciscana, te preguntaré una cosa.

«Aquí viene otra vez.»

—¿Qué harás cuando te comprometas de verdad con mi niña?

«Cielos, viejo, si esto continúa lo pensaré dos veces antes de hacerlo.»

—¿Se refiere a planificar nuestro futuro?

—Tú lo has dicho. ¿Ya dispones de un plan sólido?

—Pues, señor, aún no hemos llegado a ese punto de compromiso formal, y si bien actuamos como novios, nos encontramos...

—A la deriva.

—Disponiendo de una perspectiva respecto a todas las cosas —corregí suavemente—. Evaluando opciones.

—¿Qué opción, concretamente?

—Pienso retomar para este año la carrera de Literatura en la universidad de Leeds.

—Mm.... entiendo —su tono no revelaba si aprobaba o desaprobaba, simplemente archivó la información.

—¿Qué es lo que escribes? —intervino Jackie, inclinándose hacia adelante con interés genuino—. Es decir, ¿qué temas tocas en tus obras?

—Historias con fondo de la vida real, entre otras cosas. La complejidad de lo cotidiano.

Ailana observaba todo con mucha atención, sus ojos moviéndose de mí a sus padres como un espectador en un partido de tenis crucial. Tiempo después supe que Joseph trabajaba en Hitachi Inspire The Next, un mundo de tecnología y precisión, y Jackie ejercía como profesora en Leeds Girls' High School, moldeando mentes jóvenes. Mundos estructurados, sólidos, muy distintos a mi universo de palabras flotantes.

Como fuera el caso, mi estadía en la casa de los Smith constituiría la última por un largo tiempo. No regresaría a ese lugar hasta que nuestras vidas estuvieran resueltas y pudiera presentarme ante Joseph no como una promesa, sino como una realidad. Mi Ailana estuvo de acuerdo; la velada había supuesto demasiado estrés. La perspectiva de un próximo reencuentro con los progenitores de mi dulce compañera de equipo se guardó en la gaveta de los recuerdos futuros, para ser abierta solo en caso de estricta necesidad.

Cuando finalmente abandonamos la residencia de los Smith y el aire de la noche nos golpeó la cara, la ansiedad acumulada jugaba de tal manera en mi contra que decidí detenernos a orillas del camino desierto. Necesitaba liberar la presión. Grité al viento, un sonido primitivo que se perdió en la oscuridad de la carretera. La agitación ocupó un papel importante en esa noche, vibrando en mis manos sobre el volante.

Sin embargo, en tanto las horas transcurrían en silencio durante el regreso a mi casa, el ambiente cambió. Nos sumergimos en una apacible y animada travesía a través de la ruta, compartiendo una complicidad que no necesitaba palabras. Horas después, ya a salvo en mi territorio, besaba a mi chica en mi acogedor living, ahora cubierto de sombras y suaves colores agradables que la luz de la luna pintaba. Oh, qué bueno resultó recorrer sus labios sin la mirada escrutadora de Joseph sobre nosotros. Su brillante ardor decoró mi imaginación, impregnándome de intensas sensaciones que borraban el miedo. Un ensueño romántico estrellándose contra el murmullo de los sonidos nocturnos, cerca, muy cerca, íntimo, y al abrigo de las luces apagadas, donde finalmente podíamos ser solo nosotros dos.

CAPÍTULO 2

El sol de la tarde del miércoles caía sobre nosotros con una pesadez amable, una luz dorada que parecía detener el tiempo en los senderos por dónde desandábamos. Caminaba observando la espalda de Ailana, notando cómo su figura se recortaba contra el verde intenso de la reserva. No existían obligaciones que nos reclamaran; el mundo exterior se manifestaba como un rumor lejano, ajeno a la quietud que habíamos conquistado. Ella se adelantó con una energía que me resultaba a la vez fascinante y agotadora, deteniéndose de golpe para recoger flores silvestres con una concentración casi religiosa. Cada vez que sus dedos encontraban un tallo, sus ojos proyectaban un fulgor repentino, una chispa de vitalidad que constituía su rasgo más distintivo. En esos instantes, ella se mostraba como un ser en total armonía con el paisaje, alguien que encontraba en lo minúsculo una satisfacción que, a mí, a menudo, se me escapaba.

De pronto, su movimiento cesó. Permaneció estática frente al horizonte, sosteniendo un diente de león entre el índice y el pulgar. Me acerqué despacio, escuchando el crujido de la hojarasca bajo mis zapatos, un sonido que subrayaba el silencio del parque. Al llegar a su lado, la agitación de sus pulmones se hacía evidente; el aire entraba y salía de su pecho con una urgencia que resultaba contagiosa. La camisa de seda, desplazada por sus carreras previas, se mantenía abierta, dejando expuesta la curva suave de su seno. Aquella visión representaba una vulnerabilidad que me oprimía el pecho.

Me incliné, sintiendo el calor que emanaba de su piel, y deposité un beso en ese desvío inquieto de su escote. La textura se sentía delicada, casi irreal bajo mi boca. La tentación de profundizar en ese contacto actuaba como un imán poderoso, sin embargo, una extraña forma de respeto —o quizás el temor a romper la perfección del momento— me hizo detenerme. Al igual que un hombre que corre las cortinas para proteger la intimidad de su hogar, mis dedos buscaron los botones de su prenda. Cerré la seda sobre su piel, ocultando aquel secreto a la mirada del viento, que empezaba a levantar remolinos de hojas secas a nuestro alrededor.

Ailana se giró. Su rostro, iluminado por una pulsación nueva, parecía contener todas las respuestas que yo aún no me atrevía a preguntar.

—Juguemos con poesía. Termina lo que comienzo —asentí—. Aquí, bajo este cielo que empieza a ceder ante la noche, me siento tuya.

—En este resquicio del atardecer, me percibo sacudido por la brisa, balanceándome igual que esas hojas que el viento no deja descansar. Te tomo despacio. Beso tu corazón y encuentro un confort que me asusta por su pureza. Muerdo tus labios y, al decir tu nombre, la soledad que suele rodearnos, simplemente se desintegra.

—Me siento viva, protegida en el hueco de tu alma.

—Yo... siempre he creído que los vacíos que hay en el mundo podrían llenarse con nuestra propia luz, si tan solo tuviéramos el valor de dejar que el peso de nuestras vidas aplastara la melancolía.

Su voz se perdió en el roce de la seda contra mi pecho cuando se refugió en mis brazos. La estreché con fuerza, sintiendo la arquitectura de sus miedos y sus esperanzas fundiéndose con las mías. El silencio que siguió al beso —largo, profundo, cargado de un deseo que trascendía lo físico— servía de prólogo para lo que vendría después.

—Quiero que hagamos algo —dijo, separándose apenas unos centímetros, lo suficiente para que sus ojos buscaran los míos.

—¿Qué tienes en mente?

—No sé, cualquier cosa que rompa esta inercia. Tengamos una aventura de verdad. Vámonos lejos.

La miré con una mezcla de ternura y preocupación. El sentido común intentaba abrirse paso.

—¿Has olvidado que dentro de dos días tienes esa entrevista tan importante? El puesto es exactamente lo que habías buscado durante meses.

Se encogió de hombros, restándole importancia con un gesto que resultaba casi desafiante.

—Podríamos posponerla. El mundo no se detendrá porque yo no aparezca un viernes por la mañana. La tomaré cuando regresemos, si es que el destino aún la tiene guardada para mí.

—¿Cómo piensas hacer eso? Las ofertas de ese calibre no suelen esperar a que uno termine de jugar a los exploradores.

—La oferta de trabajo, tonto. No me voy a morir por empezar una semana más tarde. El tiempo debería servirnos a nosotros, y no al revés. ¿Estás segura de que quieres seguir este impulso conmigo? ¿Harás esta locura a mi lado?

—Por supuesto que sí. Si tú estás dispuesta a arriesgarlo, yo no voy a ser quien te detenga.

—Entonces no perdamos ni un segundo más. Regresemos ahora mismo a casa e iniciemos los preparativos. Hay tanto que organizar y tan poco tiempo antes de que la duda nos alcance.

—¿Tan de repente? Ni siquiera me has dicho cuál es el destino de esta travesía.

Se detuvo y se giró con una sonrisa radiante, levantando los brazos como si quisiera abrazar el aire fresco que bajaba de las colinas.

—¡Al festival del queso!

—¿El festival del queso? Supuse que no tenías un itinerario, pero veo que esto ya se manifestaba en tu cabeza como un plan trazado de antemano. No es algo que se le ocurra a alguien en medio de un bosque sin más.

—¡Oh, no! Se me acaba de ocurrir justo ahora, te lo juro. Es decir, recordé vagamente la fecha en que se lleva a cabo, y de pronto la idea se mostró frente a mí como la solución a todos nuestros problemas. ¿No te parece una idea maravillosa? Viajar hacia el caos, hacia algo tan sencillo y tan ruidoso a la vez.

La contemplé en silencio. Ella representaba una fuerza de la naturaleza que no admitía réplicas.

—Pues... de acuerdo. Me uno a tu odisea. Si vamos a rodar por la vida, que sea con un propósito tan absurdo como ese.

—Será grandioso, ya lo verás. Nada malo puede pasar cuando uno decide, por fin, ser libre.

Asentí, aunque en mi mente empezaron a reproducirse aquellas imágenes de los videos que había visto años atrás; gente rodando colina abajo, envuelta en una masa de brazos y piernas, sufriendo moretones, raspaduras y caídas que provocaban refunfuños y gritos de dolor. El riesgo de terminar por el suelo, golpeado por la inercia de una pendiente empinada, se presentó como una metáfora perfecta de lo que estábamos a punto de hacer con nuestras vidas estables.

—Ya lo creo que sí. A rodar, entonces. Que el impacto contra el suelo nos encuentre, al menos, con una sonrisa en la cara.

El camino de regreso a casa se sintió distinto. Mientras caminábamos, empecé a detallar mentalmente lo que necesitaríamos; ropa resistente, mapas que probablemente no usaríamos y, sobre todo, la voluntad de no arrepentirnos cuando el miércoles se convirtiera en jueves y el jueves en la víspera de nuestra huida.

CAPÍTULO 3

Gloucester se desplegó ante nosotros, como un punto más en el mapa. Y la ciudad, próxima a la frontera con Gales, ofrecía panoramas que parecían detenidos en el tiempo; toda una amalgama de referencias romanas y victorianas que se negaban a desaparecer bajo el peso de la modernidad.

Recorrer sus calles constituía un ejercicio de descubrimiento constante; cada esquina, cada fachada, se manifestaba como un testimonio silencioso de épocas olvidadas. La estructura de la urbe, cimentada sobre puntos neurálgicos de la historia británica, convertía a la localidad, en una estampa peculiar, capaz de arrancar exclamaciones de asombro incluso a las mentes más cínicas o acostumbradas al hormigón contemporáneo.

La geografía del lugar nos abrazó. Gloucester yacía enclavada en una vasta zona donde la tierra decidía elevarse hacia el cielo, y las colinas de Cotswolds vigilaban desde el este, como centinelas verdes y ondulantes; mientras que el bosque de Dean, proyectaba sus sombras largas desde el oeste, y la cadena montañosa de Malvern Hills cerraba el horizonte al noroeste, creando una sensación de aislamiento protector. La ciudad se hallaba bajo la expresa dominación de los Cotswolds Hills, descansando en el fantástico valle del río Severn, ese cuerpo de agua que actuaba como una arteria plateada cruzando la tierra.

Y en el sensacional marco del College Green, la Catedral normanda de Gloucester se alzaba imponente, desafiando la gravedad con sus estupendos monasterios. Aquel paisaje, digno de una pintura al óleo, presentaba el aspecto de un escenario preparado para un drama que aún no habíamos escrito. La arquitectura circundante, rodeada de edificios antiguos, reflejaba el pasado de generaciones que caminaron por allí mucho antes que nosotros. El estilo victoriano, presente en las cornisas y en los ladrillos oscurecidos por el tiempo, impregnaba la atmósfera de una nostalgia casi tangible. Gloucester se mostraba como una ciudad entrañable, pero sus paseos y recorridos ofrecían mucho más que melancolía; desde restaurantes y pubs donde la cerveza fluía espesa y oscura, hasta los festivales que marcaban el calendario local.

Y allí nos encontrábamos por uno en particular. El famoso *Cooper's Hill Cheese-Rolling and Wake*, el Festival del queso rodante. Un suceso cuyo origen se perdía en la neblina de los tiempos, pero que colocaba a la ciudad en el pináculo de los eventos excéntricos. Aunque dicha celebración solía replicarse en otras localidades, la colina Cooper ostentaba el título de escenario principal, el lugar donde la gravedad y la locura humana colisionaban.

Habíamos arribado a Gloucester dos días atrás. Nos restaban cuatro jornadas completas antes de que la mítica carrera tuviese lugar. El tiempo, ese recurso que a menudo se nos escapaba entre los dedos, ahora se dilataba, ofreciéndonos una pausa antes del caos.

Cierta mañana, Ailana, se encontraba sentada en el banco de una plaza en Park Lake, observando con avidez la gramática del estanque. Patos, gansos y otras aves silvestres que trazaban estelas sobre el agua, ajenos a nuestras tribulaciones humanas. Movía sus pies por debajo del asiento en un vaivén caprichoso, un gesto infantil que contrastaba con la profundidad de su mirada.

—¿Te sientes a gusto conmigo, Hadrien? —preguntó de repente, sin apartar la vista del afluente, como si la respuesta estuviera escrita en las ondas del agua.

La pregunta flotó en el aire, cargada de una inseguridad que no le correspondía.

—Enamorarme de ti significó dos cosas fundamentales, nena. La primera: que ya no me vería dando brincos o vueltas por ahí como un estrafalario don nadie, un sujeto que carecía de alguien con quien compartir su triste y austera existencia. La segunda; pues... yo entendí que, aparte de esa premisa, mi amor por ti se había disparado. Actuaba igual que las velas de un bote impulsado por el viento en medio de un mar agitado, taciturno y vigoroso. ¿Conclusión? Estoy loco por ti.

Se volvió, y se arrojó a mi cuello. El impacto de su cuerpo contra el mío se sintió como volver a casa.

—Tonto —susurró contra mi piel—, yo estoy más loquilla por ti. Tu amor constituye para mí la mayor entrega que podría recibir mujer alguna.

—Entonces, ¿dejarás de inquirir respecto a ese sentir? Para mí, representa lo único valedero en nuestras vidas. Lo digo porque no constituye ningún estímulo el que estés indagando constantemente, como si dudaras de la veracidad de lo que siento.

—A pesar de que opino lo contrario, porque es válido el preguntar por esta clase de sentimientos, yo, lo siento. Pero es que me importas, Hadrien, y mucho. Al punto de que no me basta con unas horas. Deseo permanecer más tiempo contigo. Y es cierto que vivimos cerca, pero...

Sus labios se sellaron de golpe. El silencio que siguió pesaba más que las palabras no dichas. En ese preciso instante, la tentación de revelarle mi secreto me golpeó con fuerza. Tenía algo guardado, una verdad que quemaba en mi garganta y que esperaba confesarle apenas tuviera la oportunidad. Este viaje resultaba de perillas para ello. Solo necesitaba encontrar el hueco perfecto en el tiempo.

—¿Me lo dirás? —insistí, intrigado por su pausa repentina—. ¿Qué es lo que te ocurre?

Negó con la cabeza.

—No. Quiero que regresemos al hotel y hagamos el amor.

—No pongo objeción a eso.

—Vamos, deseo que me ames. Deseo sentirte dentro de mí.

El regreso al hotel transcurrió en una bruma de anticipación. La habitación nos recibió con su penumbra cómplice. Y allí, entre sábanas que olían a lavanda industrial y el silencio de media tarde, ella y yo, nos perdimos en un oasis de amor placentero.

Afuera, la noche comenzó a disolverse en las brumas de un acantilado somnoliento. Gloucester dormía, o fingía hacerlo. Los grillos, con sus estridentes cantos, arrullaban las solitarias paredes de las edificaciones victorianas, y en lo alto de la gran cúspide del cielo, las luces de las estrellas titilaban parpadeantes frente a la majestuosa creación.

Momentos más tardé, observaba su cuerpo empapado en transpiración, la piel brillando bajo la tenue luz que se filtraba por las cortinas. Acaricié su cabeza y quité un mechón de cabellos que ocultaba parte de su rostro. Ailana respondió con una sobria mirada inexpresiva, cargada de un misterio que yo nunca terminaba de descifrar. Recostada boca abajo, apoyada sobre sus brazos y con la mirada clavada en mí, esbozó una ligera sonrisa que iluminó la penumbra.

—Te amo, mi dulce garañón.

—Y yo a ti, hermosa —respondí, deslizando mis dedos por la geografía de su espalda tonificada.

Sin embargo, a pesar de la plenitud del momento, un pensamiento intrusivo comenzó a reptar por mi mente. Para mis adentros, me preguntaba si en algún momento la novedad se desvanecería, si ella se cansaría de mí, o de mis inseguridades, y de mi falta de brillo social.

—¿Y si alguna vez te cansas de mí?

La pregunta salió de mi boca antes de que pudiera detenerla, cargada de un miedo patético. No me dejó terminar. Se incorporó con una energía feroz y me abrazó con fuerzas, como si quisiera mantener mis pedazos unidos.

—Tonto, ¿por qué debes arruinar un instante así con esas dudas? —su voz sonó firme, casi enojada—. ¡Jamás me voy a cansar de ti, Hadrien! ¿O ya has olvidado que tu paciencia y tu gentileza constituyeron el salvavidas que me rescató de esa oscura y horrible depresión en la que me encontraba? ¡Nadie más pudo, nadie más lo hizo! Y... la explicación resultaba lógica. Yo misma no dejaba entrar a nadie. Había levantado muros de acero. Pero tus constantes bromas, toda esa insistencia ridícula y esas absurdas pantomimas terminaron por romper mis defensas —se puso de rodillas sobre el colchón, desnuda y gloriosa en su indignación. Aferró mi cara con sus manos, obligándome a mirarla—. Deja de decir tonterías. Yo te amo, Hadrien. Mi vida sin ti no queda resuelta, se convertiría en un rompecabezas incompleto. Te amo con una locura que va más lejos que cualquier barrera, y eso no tiene equivalencia alguna con otra cosa. ¿Por qué de repente te han estado aquejando esta clase de dudas? ¿De dónde sale este veneno?

Suspiré, sintiéndome pequeño bajo su escrutinio.

—No lo sé. Quizás se deba al hecho de haber frecuentado la casa de tus padres la semana pasada. Esa visita, en serio que me marcó. Me hicieron pensar que conmigo, no tendrás el futuro que ellos diseñaron para ti. Recuerdo que insinuaron que merecías un estilo de vida diferente, el que podrías llevar con alguien que dispusiera de un buen empleo corporativo, o al menos tuviera una carrera prestigiosa con la cual brindarte una comodidad. No lo sé, ese tipo de cosas que se dicen sin decirlas, con miradas condescendientes sobre copas de cristal cortado.

Me vio con seriedad absoluta.

—Hadrien, escúchame bien. Si vas a andar por ahí pensando que mi ideal de vida consiste en estar con alguien que posea dinero o algo por el estilo, te equivocas de medio a medio. Mi mundo es sencillo, se muestra sincero y resulta tan ingenuo como lo han sido todas tus payasadas que empleaste para llegar hasta mí. Prefiero tu nombre latiendo en mi corazón, y el aliento de tu boca sobre mis labios, a cualquier otro sujeto exitoso que no deseo conocer. ¿Y sabes por qué? Porque te amo, Hadrien, te amo, y necesito que lo entiendas de una vez por todas —pausa—. ¡No me van las joyas, ni los autos deportivos que rugen para compensar otras carencias, ni los diseños de moda con los que muchas de mis amigas se regodean como si fuesen unas princesas Disney atrapadas en un cuento moderno! Tal vez ellas posean todo eso, y más. Pero yo lo sé con absoluta certeza que, no disfrutan de la felicidad real. Solo viven el momento, una sucesión de instantes vacíos. Alcohol caro. Fiestas ruidosas donde nadie se escucha. Sexo con uno y otro para olvidar la soledad. Insufribles horas de borracheras y orgías sin sentido emocional. Además —dijo, golpeando suavemente mi pecho con su puño, justo sobre mi corazón—, ¿qué clase de porquería brillante igualaría a un momento como el que tenemos tú y yo ahora mismo? Te equivocas al pensar de esa forma. Estás insultando lo que hemos construido.

Permanecimos en silencio. La habitación parecía haber absorbido sus palabras, dejándolas vibrar en el aire. Por ningún motivo, ella desvió su atención de mí. Se mantuvo viéndome fijamente, con esos maravillosos ojos grandes y vivos, llenos del más puro desafío y del más tierno afecto. Suspiré.

—Lo siento, preciosa. No volveré a hacerlo. Tienes razón. Y mi único interés en la vida radica en que seas feliz. En que nada borre esa luz que tienes.

—Lo soy, Hadrien. A tu lado me siento inmensamente feliz.

—Está bien, bonita. Solo que la ida a la casa de tus padres, esa cena, se sintió como un juicio sumario.

—Dejemos a mis padres en paz, con sus expectativas y sus muebles antiguos. Pensemos en nosotros. Solo en nosotros, nada más. En este cuarto, en esta ciudad, en el queso rodante que vamos a perseguir como dos idiotas.

Una sonrisa se abrió paso en mi rostro, rompiendo la tensión.

—Y en tu belleza y tu atractivo —añadí, recuperando el tono juguetón que nos definía—. En tu cuerpo, en especial tus muslos... y tus glúteos y...

—Loco —rio, relajando los hombros—, todo lo que ves te pertenece. Si mi corazón has atrapado, el paquete viene completo, sin devoluciones.

Reímos por nada y por todo. Reímos por amor, un sonido que limpiaba el aire viciado de las dudas. Reímos como chiquilines encabezando una revuelta contra el mundo adulto y aburrido que nos esperaba fuera de esas cuatro paredes. En ese momento, Gloucester, los padres ricos y el futuro incierto dejaron de importar. Solo existíamos nosotros.

CAPÍTULO 4

El día señalado amaneció con una claridad hiriente, de esas que no permiten sombras donde esconder las dudas. La atmósfera se hallaba cargada de un peso específico, una mezcla de expectativa infantil y ese temor adulto a la fractura de huesos, y me sonrío al decirlo, pero es como me sentía.

En cuanto a Ailana, ella se mostraba ante mis ojos, relajada, y lista para el combate agreste, con lo cual contrastaba el nudo que se formaba en mi estómago.

Nuestras mochilas pendían de los hombros con ligereza, pues su contenido se reducía a lo indispensable; un cambio de playeras, jeans de repuesto y calzados deportivos que, probablemente terminarían destrozados. Lo esencial, nos dijimos, aunque lo esencial en ese momento parecía ser el valor, y de eso no llevábamos recambio.

—¿Te sientes lista, mi amapola blanca?

Se ajustó un mechón de cabello rebelde y me ofreció una sonrisa radiante.

—Sí, estoy que brinco de la alegría. ¿Nos movemos?

—En ese caso, vamos a motivarnos con algunos batacazos.

«Sospecho que. por la mañana siguiente, todo se presentará brutal. El ibuprofeno se convertirá en el plato principal antes del desayuno. De solo evocar los videos de esas piruetas suicidas, mi cuerpo ya anticipa el dolor, palpitando en solidaridad con los futuros moretones y magullones que nos daremos.»

El mundo entero, o al menos esa fracción del mundo que disfruta con el absurdo espectáculo del dolor ajeno, conoce lo que acontece durante el Festival del Queso Rodante.

Cooper's Hill, en Gloucestershire, se alzó ante nosotros como una simple elevación geográfica, dedicado a la gravedad y a la insensatez. La pendiente se precipitaba hacia el vacío con una inclinación que desafiaba al sentido común, extendiéndose por unos ciento ochenta y tres metros de puro vértigo y adrenalina. La tradición dictaba que un queso Double Gloucester, una rueda compacta de unos cuatro kilos, se arrojara cuesta abajo como una ofrenda a la velocidad. Y detrás de él, un grupo de elegidos, pertenecientes a esa estirpe guerrera y urbana que ha olvidado el miedo a la muerte por aburrimiento, se lanzaba en una persecución frenética, con los cuerpos colisionaban con la madre tierra, rebotando, girando y sacudiéndose en volteretas escabrosas y vertiginosas, convirtiendo a las personas, en muñecos de trapo que estaban a merced de la física. Una física que no perdona a nadie. Saltas y bajas. Caes y ruedas. Y si lo haces a una considerable, pues, aguántatelas, porque los porrazos te los vas a dar sin lugar a dudas. No podrás evitarlos. Los demás reirán y tú solo llorarás de dolor por dentro. ¡Ah! Pero el jaleo esta garantizado. ¡Brindo por eso!

Arribamos al lugar un par de horas antes de que el evento desatara su caos. Nos abocamos a la tarea de recabar información, buscando entender los requisitos para formar parte de aquella legión de recolectores de lácteos huidizos. Varios lugareños, con esa amabilidad ruda de quien ha visto demasiados tobillos rotos, nos asesoraron. Una vez satisfecha nuestra curiosidad y firmados los descargos de responsabilidad que parecían testamentos, nos inscribimos. El plazo de espera se extendía frente a nosotros, y la ansiedad comenzó a vibrar en el aire, tensando los músculos.

Y en ese punto considerable, me hallaba conversando con un organizador de aspecto señorial, un hombre que parecía llevar el peso de la colina en sus hombros y que me arrojaba indicaciones precisas sobre por dónde bajar y qué lugares esquivar para no terminar en la enfermería. Estaba concentrado, asintiendo, cuando un sonido cortó el aire a mis espaldas. Escuché, con una firmeza que me heló la sangre, el nombre de Ailana.

No se trataba de un susurro, ni de una pregunta. El nombre sonó legítimamente pronunciado, con una familiaridad que se clavó en mi nuca. Provenía de una garganta masculina que, definitivamente, no me pertenecía.

Volteé con lentitud, como si temiera lo que mis ojos confirmarían. A unos pocos metros, se materializaba la figura de un hombre que parecía haber salido de una novela victoriana, pero con un aire de peligro contemporáneo. Un rubicundo irlandés cuya presencia se imponía en el espacio. Vestía con la comodidad de un atuendo elegante, y una declaración silenciosa de que él no participaría en la barbarie del queso, sino que se limitaría a observar desde su pedestal. Su rostro anguloso, la barba perfectamente recortada, los ojos claros que parecían contener tormentas lejanas y el cabello acentuado en un tono rojizo, componían una imagen que no me gustó. Tal orgulloso héroe, se dirigía hacia mi chica con una sonrisa que habría derretido las defensas de cualquier dama desprevenida, y en ese punto, sentí una punzada de inseguridad tan aguda como un golpe físico.

Instintivamente, o quizás por cobardía, me corrí fuera de su rango de visión, ocultándome tras la sombra de mi interlocutor. Proseguí hablando con el hombre de las indicaciones, aunque mi mente se había desconectado por completo de la conversación. Afortunadamente, a él no le importó que mi atención se hubiera fragmentado; seguía hablando de rodillas y codos.

Por su lado, Ailana reaccionó de una forma que me resultó ajena. Su boca se entreabrió, dejando escapar un sonido ahogado, una mezcla de sorpresa y algo más... ¿Miedo? ¿Reconocimiento culposo? ¿Alegría reprimida? Todo aquello surgía ante el saludo del incierto forastero.

«Interesante», pensé, y la palabra resonó en mi cabeza con un eco amargo.

—Ailana querida —saludó el recién llegado, y su voz poseía una cadencia musical, envolvente—. Hoy el sol se viste de gala por ti, y el festival constituye el premio a tu belleza.

«Cortés caradura —masculló para mis adentros, sintiendo cómo la bilis subía por mi garganta—. Bueno, supongo que el tipo desconoce que ella viene acompañada. O le importa un carajo».

—¡Aidan! —exclamó Ailana, pero lo hizo por lo bajo, con un tono urgente, lanzando una mirada de reojo hacia mi posición.

Al comprobar que yo parecía distraído, inmerso en la charla sobre itinerarios suicidas y caídas mortales, ella tomó una decisión que me dolió más que cualquier hueso roto. Se alejó con disimulo de mi cercanía. Se escabulló entre el tumulto de espectadores, poniendo distancia física entre nosotros. Por supuesto, el intrigado irlandés la siguió, como un perro fiel o un lobo hambriento, declarando no sé qué cosas acerca de ella, del mundo, de las perlas y de universos que yo desconocía.

Suspiré, sintiendo cómo el aire se volvía pesado en mis pulmones. Permanecí en mi lugar unos segundos más, fingiendo normalidad, pero mis pies cobraron vida propia. Y con cierta sutileza, fui moviéndome entre la gente, buscando un ángulo, una ventana visual hacia la escena que Ailana se encargaba de ocultar con una habilidad notable. Quise creer que lo hacía para evitarme una incomodidad, o tal vez por no querer resultar descortés ante el misterioso "amigo" y presentarme de manera torpe. Quise creer muchas cosas.

Lamentablemente, la distancia y el murmullo de la multitud me impedían oír sus palabras. Nervioso, con la preocupación anidando en mi pecho como un parásito, me mantuve en mi sitio de espía improvisado. Veía cómo Ailana sonreía. Y no era su sonrisa habitual; ella en verdad, se mostraba atenta, conveniente, casi sumisa ante su nuevo compañero de plática. Y, ¡cielos! ¡Cómo luché contra el impulso de ir detrás de ella, de plantar mi mano en su hombro y preguntar quién demonios era el fulano!

Pero me contuve. Me tragué el orgullo y la duda. Casi de inmediato, me enojé por mi falta de iniciativa, por esa pasividad que a veces me dominaba. Aun así, la lógica me gritaba que debía confiar en ella. Confiar constituía la premisa fundamental de lo nuestro. ¿O no?

Ailana reía frente a las expresiones y el palabrerío que el distinguido hombre le profesaba. ¿Me sentía celoso? ¡Claro que sí, maldita sea! Sentía cómo los celos me quemaban por dentro. Sin embargo, no la avergonzaría. No pertenezco a esa clase de hombres que montan espectáculos públicos. Actúo más bien como los que escapan, los que se retiran a lamer sus heridas en la oscuridad. O los que esperan hasta ver todo el panorama resuelto, aunque mis entrañas se retuerzan de enfado y de incertidumbre. Porque lo que acababa de ocurrir allí, esa huida, ese ocultamiento, escapaba a toda lógica razonable en cuanto al comportamiento que yo conocía de Ailana. Se podía ver, como ella se sentía a gusto con ese desconocido, y desde ya, que yo no le haría una escena.

Pensé, no me importa si representa un viejo conocido o un antiguo compañero de colegio y de juergas; no debería haberse apartado como lo hizo, escondiéndose de mi rango de visión como si estuviera cometiendo un crimen.

Y durante ese minuto eterno, Ailana me echó una ojeada furtiva. Pero, al constatar que yo continuaba, según su percepción, distraído en la conversación con el regente de la seguridad, hizo algo que terminó de romper mi compostura. Tomó de la mano al recién llegado. Sus dedos se entrelazaron con los de él y, con una determinación que me asustó, lo arrastró hacia otra parte, lejos de mí.

«¡¿Lo acaba de coger de la mano?! —grité en el silencio de mi mente—. Y se va sin más, sin avisarme, sin un gesto. ¡¿Pero qué carajos está pasando aquí?!».

De acuerdo. Bajé la cabeza, derrotado momentáneamente. Coloqué mis manos en la cintura y aborté la misión de permanecer impávido. Me disculpé con mi allegado de las colinas, interrumpiendo su monólogo sobre la seguridad cervical, y le expuse que la necesidad de un vaso de agua se volvía imperiosa. La sed me estaba extenuando, le dije. Lo cual, curiosamente, resultaba cierto; la garganta se me había secado de repente, convirtiéndose en un desierto de arena y palabras no dichas. No supe qué más hacer. Por esa razón di por terminada mi farsa.

Ubiqué un puesto de refrescos y bebidas entre el gentío. Compré una soda dietética que no deseaba, solo para tener algo frío entre las manos. Mis ojos, convertidos en radares, siguieron a Ailana hasta unos árboles lejanos, donde otros felices acampantes socializaban y compartían sus momentos de recreación, ajenos al drama silencioso que se desarrollaba a pocos metros.

¿Por qué lo habrá hecho? La pregunta rebotaba en mi cabeza. ¿Qué motivo la llevó a apartarse de esa manera, excluyéndome de su realidad?

«Tranquilízate, Hadrien. No seas paranoico. Quizás son viejos amigos de escuela, compañeros de vida que se reencuentran, y solo hablan de experiencias pasadas y anécdotas aburridas. Aun así... debería presentármelo. Debería decirme algo, lo que sea. ¡Qué sé yo! Cualquier excusa serviría. Pero no tomarlo de la mano... y huir como si de un viejo novio clandestino se tratara. Ignorándome por completo, borrándome del mapa. Porquería, no sé qué hacer.»

Encontré un lugar perfecto para ejercer mi nuevo rol de voyeur. Me situé frente a un puesto de ventas de recuerdos, una estructura precaria cubierta por láminas de lona. A través de sus aberturas, podía distinguirlos con una claridad dolorosa. Recordé que en mi mochila cargaba unos binoculares pequeños, destinados originalmente a ver el queso rodar, no a ver cómo mi relación rodaba cuesta abajo. Los busqué con manos temblorosas y me dispuse a vigilar a la feliz pareja.

Se movían lentos en el encuentro, sin ocultarse de nadie más que de mí. Ailana y el extraño hablaban. Se reían. Y el ciclo se repetía. A veces, él colocaba su mano sobre la mano de Ailana; el gesto se producía con rapidez, con una intimidad que me lastimaba. Ailana respondía del mismo modo, o le golpeaba el hombro con esa camaradería coqueta, o lo tocaba como al descuido. Sé que solo transcurrieron unos minutos, pero el tiempo se dilató, haciéndose eterno, espeso. Realmente, en lo personal, todo aquello resultaba ser una situación incoherente, una pesadilla a plena luz del día. A estas alturas, ella debería haber venido por mí. En todo caso, yo debería haber ido por ella, reclamar mi lugar. Pero ni uno ni lo otro sucedió. Nos mantuvimos en ese limbo. Sí, no la pasé bien de niño y ocurrieron cosas en mi vida, que me quitaron la iniciativa o ese proceder inteligente que algunos llevan como algo natural. En mi caso, yo, no sé cómo enfrentar este tipo de situaciones, es la verdad. Muchos se reirían de mí, de mi escaso obrar y de falta de lógica en ciertos asuntos, o del poco valor para enfrentar situaciones de este tipo. Pero, que bah, es lo que soy.

Y entonces, vi cómo Ailana le indicaba a su invitado que esperase. Le hizo un gesto de "ya vuelvo".

«Hasta que viene por mí —pensé, sintiendo una mezcla de alivio y pavor—. ¿Qué debo hacer? Debería preguntárselo de frente. Averiguar quién diablos es ese tipo. Constituye mi derecho, ¿cierto? Saber quién es y por qué ella actúa de esa manera tan desconcertante, tan ajena a la mujer que amo».

Ubiqué algunos objetos relacionados con el evento que por ahí se vendían —camisetas feas, llaveros de quesos— y fingí, una vez más, que no me había percatado de su escape. Adopté la posición de un modesto arqueólogo de baratijas.

En esa postura me encontró.

—¡Hadrien! —su voz sonó a mis espaldas—. Al fin doy contigo, te he estado buscando —dijo con cierto apremio, aunque el rubor en sus mejillas contaba otra historia.

Me giré despacio, componiendo mi máscara.

—Oh, Ailana, ahí estabas —dije, tratando de que mi tono no destilara veneno—. También te busqué, y por mucho tiempo, debo decir. Y me distraje con estas... cosas —señalando vagamente la mesa de souvenirs.

—Sé que faltan unas pocas horas para la carrera, pero... —se mordió el labio inferior—. ¿Podrías regresar al hotel y buscarme algo, por favor?

La petición me golpeó como una bofetada.

—¿El hotel? —repetí, incrédulo. Estábamos lejos. El camino se hacía pesado.

—Sí, Hadrien, el hotel. ¿Puedes? —expresó con una impaciencia que rozaba la grosería.

La miré fijamente, buscando un rastro de verdad en sus ojos.

—¿Por qué estás tan nerviosa?

—¿Que yo qué...? —su risa sonó forzada—. ¡Por favor, Hadrien! ¿Qué estás diciendo? ¿Lo harás o deberé ir yo y perderme todo esto?

—Wow, ¿a qué se debe toda esa prisa y ese enfado repentino?

—Yo no... —intentó replicar, pero se trabó.

—Sabes que iré, no te esponjes —dije, soltando un suspiro cargado de resignación. Comprendí que no dejaría que me dijera nada más; la mentira ya estaba servida—. ¿Qué es lo que deseas que te traiga con tanta urgencia?

—Mi cartera pequeña de color negro.

—¿La que tiene grabados en rojo?

—Sí, esa misma. Yo esperaré por aquí. Justo aquí.

—¿Por qué no vienes conmigo? —lancé la pregunta como un último salvavidas.

—No quiero perderme nada de este lindo festival —respondió. "Aprehensiva" sería la palabra exacta para describir su comportamiento. Sus ojos iban de un lado a otro, evitando los míos—. Por favor, cariño, estaré por aquí.

—Luces extraña de repente —señalé. Su rostro sufrió un cambio de color, palideciendo bajo el sol—. Hemos venido juntos, y eso me lleva a decir que fue tu idea la de estar aquí, juntos, pasarla bien, juntos, y ahora te desapareces y reapareces como si algo te apurara, como si escondieras algo.

—¿Todo debe constituir una intriga para ti?

—No es justo y lo sabes. Solo trato de averiguar qué carajos es lo que te pasa. Tienes que estar conmigo y yo contigo, porque este viaje es de a dos, no de uno por un lado y el otro, por el otro. ¿Qué es lo que te pasa?

—Nada. Mira, lo siento —su voz se suavizó, pero sonaba falsa—. Es que... tengo unos pequeños dolores de cabeza y...

—¿Cómo...?

—No es nada —me interrumpió, colocando sus manos sobre mi pecho en un gesto que buscaba apaciguarme, aunque yo sentía la frialdad de sus palmas. Sonrió, pero la sonrisa no llegó a sus ojos—. Por eso necesito mi cartera, en ella tengo unas píldoras para momentos como estos.

—Entiendo —dije, sintiendo el peso de la decepción—. Quizá no deberíamos haber venido si te sientes mal.

—¿Qué es lo que estás diciendo? Quiero estar aquí. Resulta importante para mí.

—¿Solo para ti?

—Hadrien, por favor, ya te lo explicaré más adelante, ahora... por favor, solo ve por mi cartera.

La miré una vez más. Había un muro entre nosotros, construido en los últimos veinte minutos.

—Muy bien, iré por ese bolso o cartera.

—Gracias —susurró, y ya parecía estar pensando en otra cosa.

Fue todo lo que dije. No iniciaría una reyerta allí mismo, rodeado de gente que celebraba. La curiosidad por saber cómo terminaría aquel asunto pudo más que mi dignidad herida. Busqué la salida del recinto.

Metros más adelante, la necesidad de confirmar mis sospechas me obligó a voltear. Me sentía mal. Ese feo malestar a la altura del pecho, molestó significativamente. Esa sensación que indica que algo no está bien, que produce amargura, mucha amargura y fastidio.

La vi a la distancia. Saludó con una mano en alto, un gesto mecánico. Odio esa clase de saludos que suenan a despedida definitiva, a punto final.

Avancé por entre la gente, sintiéndome un fantasma, y me escabullí tras unos árboles viejos que ofrecían cobijo. Cuando constaté que ella ya no me veía, me detuve en seco. Temblaba por dentro. Estaba enojado, molesto conmigo mismo y con ella.

La imagen que recibí me cortó la respiración. Ailana ya no me esperaba. Ailana corría colina abajo, no por la pendiente suicida de Cooper, sino por otra más pequeña, lateral, alejándose del bullicio. Iba al encuentro de algo, o de alguien. En esos precisos segundos, mientras la veía alejarse con una energía que contradecía su supuesto dolor de cabeza, yo me sentía como un queso rancio, uno al que hubieran dejado abandonado en una repisa olvidada, cubierto de moho y polvo, mientras la fiesta sucedía en otro lugar.

Respiré profundo, permitiendo que el aire húmedo y frío, llenara mis pulmones, luchando para que mis pensamientos no se nublaran con la ira. Necesitaba esclarecer mis ideas, separar el miedo de la realidad. Y, dado que no podía hacer otra cosa más que esperar y observar el desenlace de esta farsa, decidí que debía confiar, aunque fuera estúpidamente, en que todo aquello tendría una respuesta que no me destrozara el corazón.

CAPÍTULO 5

—¿Disculpa? —La voz surgió a mis espaldas, interrumpiendo el flujo de mis pensamientos lúgubres.

Al girarme, me encontré con una presencia que imponía cierta distancia, una mujer trigueña de mirada severa y elegante, cuyos ojos negros se clavaban en mí con una mezcla de curiosidad y reproche. Arqueaba las cejas de un modo que sugería que mi comportamiento resultaba, cuanto menos, sospechoso. Su vestimenta coincidía con el uniforme no oficial de la multitud que nos rodeaba: pantalones de mezclilla desgastados por el uso y el tiempo, zapatillas deportivas en tonos que armonizaban con una playera de fondo oscuro y una mochila que ostentaba la imagen de Asuna, un detalle que constituía una nota de color en su sobriedad.

—¿Sí...? —respondí, tratando de recuperar la compostura mientras me incorporaba. Mis articulaciones crujieron levemente, delatando el tiempo que llevaba agazapado.

—¿Te molesto? —insistió ella, sin apartar la vista—. Daba la impresión de que te escondías de alguien.

Sentí cómo la sangre se agolpaba en mis mejillas.

«¡Vamos, mujer! —pensé, debatiéndome entre la vergüenza y la indignación—. ¿Acaso uno ya no dispone de la libertad para vigilar a su prometida, quien ha decidido fugarse emocionalmente con un desconocido de un metro noventa y fachada de seductor vikingo? Comparado con él, mi estampa se asemejaba a la de un simple pescador de truchas en un día de mala racha».

—Mi novia —solté, optando por una verdad a medias que sonaba patética incluso en mis propios oídos—. Jugábamos a las escondidas.

—Oh, vaya. Lo siento si interrumpí su juego.

—Qué va. No importa.

La mujer permaneció allí, escrutándome.

—¿Resides aquí? Necesito información.

—No, soy un visitante.

—Siento molestarte.

—Puedo llevarte con un lugareño, si lo deseas. Alguien que conozca los entresijos de este caos.

—Gracias, te lo agradezco.

Me encaminé junto a mi atractiva doncella extraviada, decidido a buscar al incesante interlocutor de colinas y caídas disparatadas que había conocido minutos antes. Por fortuna, localizarlo no supuso un desafío. Se encontraba sentado bajo la sombra escasa de un árbol, bebiendo un refresco con la satisfacción de quien ha cumplido su deber. Angus, que así se llamaba el parlanchín citadino convertido en guía espiritual del queso rodante, me sonrió al verme de nuevo.

—¡Mi buen Hadrien! —saludó, quitándose el sombrero con un gesto teatral.

—Hola, Angus. Le traigo a esta amable señorita para que la ayude.

—Angus constituye mi nombre, y diligente mi apellido —respondió él, guiñando un ojo—. ¿En qué puedo resultarle útil, muchacha?

—Hola, gracias, me llamo Abby. Necesito que me oriente acerca de este maravilloso festival.

Angus le acercó una silla plegable y le ofreció un refresco, oferta que ella declinó con un gesto suave. Ambos iniciaron una conversación animada sobre pendientes, quesos y fracturas. Aproveché la distracción para colocarme a un lado, desde donde mi campo de visión abarcaba el terreno necesario para divisar a Ailana. Me disponía a continuar con mi espionaje, esa tortura autoimpuesta, cuando la observé caminar en mi dirección con pasos firmes. De nuevo, fingí indiferencia, esa máscara que empezaba a pesarme. No importaba; mi decisión se mantenía firme. Jugaría mis cartas y me marcharía en cuanto la situación lo permitiera. Pero antes, debía cerrar este breve capítulo.

—Abby, debo irme —dije, interrumpiendo su charla con Angus—. ¿Puedo darte un beso en la mejilla?

La mencionada visitante me observó y luego dirigió la mirada a Angus, como buscando una explicación lógica para mi comportamiento errático. Mi petición sonaba extraña, fuera de lugar en medio de aquel bullicio. Podría haberse negado, podría haber proferido algún interpelativo desagradable hacia mi persona. Pero no actuó así. En su lugar, sonrió, confundida pero complaciente. Quizá, porque me atreví a pedírselo de una manera formal y cortés, o porque mi desesperación resultaba evidente, accedió asintiendo con la cabeza. Mundos peculiares, estos en los que habitamos.

Mis labios apenas rozaron su mejilla derecha. Una grata fragancia, mezcla de cítricos y algo floral, invadió mis sentidos. Sonreí, complacido por ese breve contacto humano que no conllevaba dolor, y se lo agradecí. Ya iniciaba mi retirada cuando mi interlocutora me sorprendió con una pregunta que flotó en el aire como una promesa o una amenaza.

—¿Te veré de nuevo, Hadrien?

No dudé al responder. La certeza brotó de mis labios antes de que pudiera procesarla.

—Sí, por qué no. ¿Quién lo sabe? Hoy se presenta como un bonito día para ideas desprevenidas y grandiosas que hablen acerca de encuentros casuales.

—Yo no lo considero casual —replicó ella, y su tono adquirió una gravedad inesperada—. En todo caso, sabes dónde encontrarme.

—Puede ser, puede ser, mi bella damisela.

Sonrió, y yo asentí con un movimiento exagerado, similar a los que suele usar D'Artagnan al despedirse de una dama a la que ha cortejado, disponiéndose a salir a toda carrera a sabiendas de que los soldados del Cardenal se aproximan con intenciones letales.

Me alejé del sitio con la mayor celeridad posible. En mi mente, la observación de Abby giraba sin cesar: «Yo no creo que haya sido casual». ¿Qué significado oculto albergaban esas palabras?

—¡Francamente, este constituye uno de esos días! —exclamé en voz alta, sin importarme quién pudiera escucharme.

Como resultaba previsible de mi parte, la curiosidad morbosa venció a la prudencia. Me aventuré a espiar a Ailana, quien ya no me seguía. En su lugar, regresaba con su nuevo "amigo". Me senté debajo de un frondoso árbol, buscando refugio del sol que caía a plomo, y bebí del refresco que Abby había rechazado. Saqué mis binoculares, esos instrumentos de tortura visual, y contemplé la escena completa.

Poco después, el extraño alquimista atrapaba a mi hermosa doncella azul en sus redes conversacionales. Sus gestos se mostraban moderados, emanando una confiabilidad que me enfermaba. Según podía apreciar desde aquella ridícula distancia, el sujeto denotaba seguridad, firmeza y una absoluta concentración al mantener su mirada sobre ella. Dejé los binoculares sobre la hierba y bebí otro sorbo, echando el cuello hacia atrás y suspirando con pesadez. ¿Qué debía hacer? Me encontraba mal, lo admitía sin reservas, y la sensación resultaba horrible, como un peso muerto en el estómago. A estas alturas, ya no veía la hora de salir de este brutal embrollo; cuanto antes, mejor.

En ese instante de autocompasión, recordé a Abby. La ubiqué a través de los pequeños prismáticos. Y para mi sorpresa, ella miraba en mi dirección, aún en compañía de Angus.

—¡Resulta imposible que me haya divisado! —murmuré, sintiéndome expuesto.

Sin embargo, mantuvo su enfoque hacia mi escondite. Después, pareció expresar unas palabras a su guía, y este se apartó, regresando por el camino principal.

«Viene hacia aquí. ¿Me iré o esperaré?»

Poco después, me saludó con una mano en alto mientras se acercaba. Resulta curioso cómo se diferencian esos gestos en determinados momentos. Uno parecía aludir a un adiós definitivo, y el otro, a una cálida bienvenida.

—Hola, Abby —dije, resignado a mi suerte.

—Hola. ¿Puedo...? —preguntó, señalando un espacio vacío al lado del arbusto que me servía de trinchera.

—Seguro, la sombra alcanza para todos.

—También sirve de buen mirador —abrí mis ojos—. Vamos, Hadrien, espías a tu novia, ¿verdad?

—Culpable.

—Sé que no me conoces, como yo tampoco a ti, pero si te has atrevido a besarme en la mejilla, ¿puedo saber por qué lo haces? ¿Por qué te escondes?

Fue así que, bajo la presión de su mirada directa y la extrañeza del momento, que narré a una completa desconocida la historia de la nota, ese pedazo de papel que había desatado todo este misterio de escondidas y rumores susurrados. Miré hacia el cielo despejado, buscando las palabras, y luego las dejé fluir. Abby me escuchó con atención, asintiendo levemente, y poco a poco, fui mostrándome más resuelto. Hacia el final de mi relato, me pidió ver lo que mis ojos luchaban por negar. Tomó los binoculares y se dispuso a corroborar mis palabras. Segundos después, los bajó.

—¿Cuánto tiempo llevan saliendo juntos? —preguntó.

—Ah... se cumplirán tres años en junio, creo. Sí, entre meses que van y vienen, esa cifra se ajusta a la realidad.

—¿Puedo hacerte otra pregunta muy personal, casi íntima?

El día que ya había perdido toda lógica y coherencia, se mostraba encabritado como un caballo salvaje. ¿Por qué no?

—Adelante.

—Ella... ¿se encontraba mal cuando la conociste?

La pregunta me golpeó como una coz física, despabilándome de golpe.

—Sí... pero, ¿cómo lo sabes?

—¿Podríamos ir a otro lado? He visto un sitio tranquilo donde se puede conversar sin gritos de fondo. ¿Quieres?

Más allá de lo fascinado que me hallaba al estar hablando de mis asuntos personales con una desconocida —o quizás no del todo desconocida, dada la extraña conexión que se tejía—, confieso que, después de analizarlo brevemente, la idea me agradó. A pesar de ello, me sentía renuente a abandonar mi puesto de vigilancia, mi atalaya de dolor.

—Lo siento, no puedo... Todavía ignoro lo que debo hacer.

—No, está bien. No te excuses. Aunque desde mi punto de vista, y en todo caso, si he de proporcionarte cierta información crucial acerca de lo que estás atravesando, sugiero que te pongas lo más cómodo posible.

—De todas formas, el día no podría mostrarse peor.

—Lo tomas bastante bien para estar hablando con alguien a quien apenas conoces.

—Como dije, el día no puede tornarse más raro.

—De acuerdo —expresó con lentitud, midiendo cada sílaba—. El robusto muchacho con el que se encuentra hablando tu novia, constituye la figura de mi hermano, Aidan.

¿Saben? Existen momentos en la vida en los que ni la elocuencia más refinada, ni las manifestaciones regulares del entorno, pueden albergar tanto misterio como el hecho de que una persona, a quien nunca has visto, venga hasta las puertas mismas de tu descorazonamiento y te diga, fijando sus ojos en ti, que posee la respuesta que buscas con tanto ahínco.

—Aguarda un segundo —dije, sintiendo cómo el mundo se detenía—. Estás diciendo que ese irlandés de porte mundial, ¿es tu hermano?

—Fue lo que dije. Y si me dejas terminar, te lo diré todo. Solo si te calmas y no interrumpes.

—Pero...

—Solo si te calmas y no interrumpes. ¿Entendido?

Su voz sonaba suave, encantadora, pero firme como el acero.

—Retiro lo dicho, me siento como si habitara en otra dimensión.

—Necesito que me escuches, Hadrien. Oídos, todos oídos.

Me recosté sobre el tronco rugoso del árbol y asumí una postura receptiva, dispuesto a conocer todo lo relacionado con este sujeto, una historia que, al parecer, involucraba también a mi Ailana.

—Si ustedes salen hace tres años, eso significa que transcurrió un año hasta que la conocieras después de... el evento. Bien, en primer lugar, déjame decirte que no tenía la más mínima idea de que se trataba de ella. Así como también, que Aidan ignora lo de ustedes. Mira, cuando decidimos venir al festival, la iniciativa surgió más de un deseo mío que de mi hermano. La idea de correr a campo traviesa, rodando como paquidermos que se arrojan desde un precipicio por alguna loca razón, jamás caló en mi mente como algo sensato. Ni mucho menos las torceduras y serias lesiones que produce dicha marejada en esta loca exhibición suicida. A pesar de ello, y después de haber probado el salto base y otras aventuras por los aires, me dije a mí misma; «Dejemos los prejuicios de lado y cualquier pensamiento prudente, ¡y brinquemos por esa ladera como codornices en celo! —pausa—El punto, Hadrien, radica en que, mientras veníamos hacia aquí, nos separamos. Supongo que, en algún momento, él se encontró con tu novia.

—Estuve ahí cuando se vio con ella.

—¿Cómo? ¿Tú estabas presente cuando Aidan llegó?

—En realidad... ella se hallaba a unos pocos metros de mí. Por ese entonces, yo me encontraba conversando con Angus, nuestro amigo en común. Créeme cuando te digo que, por alguna razón, no quise intervenir. Los ojos de Ailana irradiaban un extraño brillo mientras hablaba con Aidan y no sé por qué, pero, el miedo me paralizó. No me atreví a interrumpir. El resto ya lo sabes.

Abby puso su mano sobre la mía, un gesto de consuelo que se sentía real.

—Siento todo esto, Hadrien. De verdad lo siento. Espero no haber resultado inoportuna con mi relato.

—Como tú lo has dicho, nada sucede por casualidad, y si estás aquí conmigo, existe alguna razón. Escucharé lo que tengas que decir, sin interrumpir.

—¿Estás seguro?

—Tú tranquila. Adelante.

Abby tomó una pequeña bocanada de aire, preparándose para desenterrar el pasado.

—Aidan y Ailana salieron mucho antes de que tú lo hicieras con ella. Su relación se extendió por un par de años. Y no se caracterizaba por ser tempestuosa. Razonable, diría yo. Pero no me detendré en los detalles superfluos, porque estos carecen de importancia. Solo diré que se hallaban a gusto. Lo demás deberás preguntárselo a ella —pausa—. Luego, sucedió algo. Él quiso ir más de prisa con ella, avanzar hacia un terreno físico para el que ella no estaba lista o dispuesta, y eso la disgustó. Asimismo, debes saber que, por aquel entonces, mi hermano actuaba como un loco de atar, un cabo suelto, un perno fuera de lugar en la maquinaria social. Una noche, se dirigieron a un lugar apartado. Un sitio a oscuras. Y bueno, un beso aquí y otro allá, forcejearon un poco. Él logró desvestirla, pero no alcanzó su cometido —el silencio que siguió se sentía pesado, cargado de violencia implícita—. La bofetada que tu novia le propinó a mi hermano resultó ser muy dura, impactando directamente en el orgullo frágil de Aidan. A partir de ese punto, él no quiso saber nada más. Llevó a Ailana a su casa y se marchó. Tras lo cual rompieron. Mi hermano aprovechó una oferta de trabajo en Londres y, sin mirar atrás, se fue. Mi madre, bueno, ella culpó a Ailana por lo sucedido. Y... me duele decirlo, pero al ejercer mi madre como profesora de la universidad donde tu novia asistía, tenía poder. Por más de medio año, le hizo la vida imposible. Hizo correr toda clase de rumores en su contra, difamándola por los pasillos, convirtiendo su nombre en sinónimo de escándalo, hasta que, desde la junta directiva, vino la orden de que cesara en sus funciones. La suspendieron, relevándola de su cargo y de su dignidad —golpeó con suavidad sus piernas con las manos y sonrió apenada—. Mi madre, no pudiendo soportar la tensión, regresó a casa de mis abuelos en Low Moor. Tal vez constituyó lo mejor para todos, pero el daño ya estaba hecho. En cuanto a mí, me mudé a Huddersfield para escapar de esa atmósfera tóxica. En fin. Ailana sufrió mucho. Se deprimió, se aisló, no quiso ver a nadie, y a duras penas pudo culminar sus estudios, sin asistir siquiera a la graduación. Después de eso, la pobrecilla cayó en un pozo de soledad que puso en jaque a sus padres. Todos ellos, buena gente, trabajadora y comprensiva. Como sea, supongo que más tarde entraste en su vida y... eso concluyó en un nuevo comienzo para ustedes. Para terminar, te diré lo siguiente; hará cosa de seis meses que Aidan regresó. Y no habría venido hasta aquí de no ser por mi insistencia. ¿Cómo saber que todo esto ocurriría?

Por unos minutos, observé ensimismado el horizonte, sin poder dar crédito a lo que acababa de escuchar. La cabeza me daba vueltas, procesando la información, reescribiendo la historia de la mujer que amaba. Por difícil que resultara aceptarlo, no existía otra realidad, al parecer. A pesar de ello, seguía sin entenderlo. Si Ailana fue atropellada de esa manera emocional y socialmente por Aidan y su familia, ¿por qué consentía en estar con él ahora? ¿Por qué esa charla tranquila? Deseé mostrar firmeza en esos inquietantes momentos. Fue en vano; me sentía incapaz ante este súbito devenir de acontecimientos.

—En todos estos años, no dijo nada en lo absoluto —dije pensativo, sintiendo el peso del silencio de Ailana.

—El agrio trance por el que debió atravesar...; de seguro, prefirió enterrarlo. Y no mencionar nada del asunto a nadie. No la debes culpar por haber tomado esa decisión. El olvido a veces actúa como el único refugio.

—No la culpo, Abby. Pero debería haber confiado en mí respecto a lo actual.

—¿Te refieres a la situación presente?

—Abby —dije con voz queda, casi un susurro—, lo que importa es que ellos dos están ahí. No sé lo que ella trama ni lo que pudiera llegar a ocurrir de ahora en más.

—Hadrien —expresó, acercándose hasta verme directo a los ojos—, sostengo que todo saldrá bien. Solo debemos esperar o encontrarlos, y que Ailana te brinde una explicación.

Suspiré, cansado y desanimado. El gesto de mi rostro demostraba un fastidio profundo, una fatiga del alma.

—Una explicación. Sí, eso es lo que buscaré.

—Se presenta como el camino más acertado a seguir.

Me incorporé sintiendo cada músculo pesado. Coloqué una mano en la cintura, pasé la otra por mi frente sudorosa y luego me restregué los ojos, tratando de borrar las imágenes que mi mente creaba.

—El asunto radica en que no logro comprenderlo del todo. La situación en sí misma resulta incoherente. Es decir, solo piénsalo con detenimiento. Aidan no solo pretendió abusar de ella, sino que, además, la abandonó. ¡Se marchó sin decir siquiera una palabra, Abby! Tu hermano se alejó de ella como si el destrozo fuera lo más común. Ahora él... regresa, y la trata como si nada hubiera sucedido. Y no únicamente eso. ¡Ailana también actúa de idéntica forma! ¡Constituye una locura! No me cabe la suposición de que toda esta tragedia termine por convertirse en una comedia tan absurda, sin conexión alguna con la realidad de una mente lógica.

—Es todo cuanto puedo decirte, Hadrien. Y tienes razón, porque a simple vista, lo que ellos hacen no concuerda con ningún tipo de objetividad.

—¿Cómo explicarlo, entonces?

—No lo sé. Me hallo en las nubes igual que tú.

—Actúan como si hubieran tenido una pelea hace apenas unos días. Lo que suele ocurrir en algunas parejas. Hasta que se reencuentran de nuevo con una sonrisa, y todo sigue bien.

—¿Qué harás?

—Nada. Solo esperaré, o mejor aún, iré por su cartera negra. Me pidió que fuese por ella y es lo que haré. Más tarde la confrontaré.

—Si no te molesta, ¿puedo acompañarte?

—No veo el inconveniente.

Caminamos sin decir nada más. De mi parte, me hallaba envuelto en una bruma de inquietudes y paradojas que asestaban golpes con fuerza en mis sienes. ¿Qué fue de todo aquello de "te amo sin importar nada más"? Acaso la duda que me asaltó horas atrás, ¿resultó ser un presagio funesto de lo que vendría después? Vida confusa y llena de malentendidos. Estaba dicho que no descansaría hasta obtener una explicación.

Llegamos al hotel. Abby esperó en el vestíbulo, respetando mi espacio. Con mi mejor disponibilidad, subí hasta nuestra habitación. Busqué la cartera que se encontraba sobre la cama, ese objeto inanimado que parecía contener secretos, y salí de inmediato. Por nada del mundo me detendría a contemplar la que, hasta hace poco, actuaba como nuestro nido de amor. Bajé las escaleras y regresamos al bullicio.

—¿Cómo es que tú no te pareces en nada a tu hermano? —pregunté, tratando de llenar el silencio.

—Oh, verás... Mi padre provenía de Irlanda y mi madre de Inglaterra. Aidan constituye el fiel reflejo de mi padre y yo, el de mi madre. ¿Tú a qué te dedicas?

—Soy escritor, pero no a tiempo completo. Trabajo en una editorial y paso mis ratos entre mis escritos y la edición, entre otras cosas. Nada relevante.

—Hadrien, ¿qué dices? Tienes un buen trabajo, y ejerces una de las más nobles labores de la humanidad. Anímate, te lo dice otra escritora.

—¿También lo eres? ¿De qué tipo?

—Así es. Novela romántica y autobiográfica.

—Vaya, resulta grandioso escuchar eso. Tal vez puedas ayudarme con algunas cosas —respondí en tono de broma, buscando aligerar la carga. Sin embargo, la respuesta de Abby fue sincera.

—Cuando soluciones lo tuyo con Ailana, no te quepa la menor duda de que te ayudaré en lo que sea necesario.

—¿Por qué lo harías?

—Se halla en mis genes el brindar una mano a quien lo necesite. No se requiere de una explicación, Hadrien. Tú me lo pediste, y yo deseo brindarte mi ayuda.

—¿Por qué?

—Me caes bien. No actúas como un mal sujeto. Otros hubieran hecho un drama mayúsculo con tu experiencia reciente, y hasta me atrevo a decir, habrían sido un poco más violentos. Es lo que suele suceder en casos de este tipo.

—¿Yo un buen sujeto? Por poco y te pido que subas conmigo hasta la habitación del hotel. No sé qué habría pasado, pero afligido como estoy... no lo sé.

—Te agradezco que no lo hicieras. Aunque te habría dicho que no.

—Es igual, no importa.

—Hadrien, no tienes idea de lo íntegro que resultas. Prácticamente, de los pocos. Me hubiera gustado conocerte antes.

—Lo mismo digo.

—Anímate, ya veremos cómo sale todo esto.

—Supongo. ¿Qué opinión tienes acerca de la novela en sí misma? —inquirí con gentileza, aferrándome al tema intelectual como a un salvavidas.

—Interesante pregunta. En lo personal, sopeso que la novela tiene una estructura amplia y densa. A veces se presenta refinada y compleja, y en ocasiones, simple, sin demasiados conflictos, sencilla como preparar la masa de un buen pan casero. Y, desde otro punto de vista, actúa como un caldero de sensaciones que buscan influenciar, solo de vez en cuando, de una manera trágica y con reacciones que desesperan; y otras, en busca de interpretar determinados papeles compuestos en su mayoría por una debacle de emociones profundas, las cuales llevarían al lector a sumergirse en un mundo de variaciones infinitas. ¿Tú qué piensas?

—Pues... el comportamiento de una novela se extiende al igual que un páramo donde la mayoría de los dramas e historias luchan por su propia supervivencia. A partir de allí, desde los párrafos y los diálogos, hasta las más inverosímiles representaciones literarias, constituyen la base de una exposición visual que culmina reflejándose en la mente del lector. La integridad en la estructura de una novela resulta vital, sea que esta excite o enoje, e igualmente dramatice y hasta aburra, según el ritmo que se le dé. Para mí, la elaboración del pan, como tú lo llamas, debe generar hambre por más. Sentimientos, deseos, conocimiento y argumentos recurrentes. Es decir, deben erigirse como el templo que cobije a los hambrientos que regresan a leer, sintiendo cómo sus mentes se dilatan y sus ojos se inundan del genio y el fuego proveniente de las hojas.

—Un bello punto de vista y una abundante interpretación de los hechos literarios. Ojalá en el futuro podamos departir un poco más acerca de este maravilloso arte.

—Sin importar qué suceda, tenlo por seguro que así será. Desde hace mucho que anhelo conversar con alguien en torno a este rito de crecimientos y realizaciones humanas. Y, no quiero que me consideres una chismosa. Pero... ¿no compartías tus escritos con Ailana?

—No le agrada demasiado la idea de la escritura.

—Oh, qué pena. Cuánto lo siento.

—Me acostumbré a vivir solo en ese mundo. Yo y mis historias.

Fue todo. Nos regresamos sin decir nada más, dos extraños unidos por la literatura y la desgracia ajena.

El lugar bullía de gente y de sonidos, una cacofonía de cuernos y maracas que taladraba el aire. De brillos opacos y disfraces estrafalarios que le merecían el apodo de carnaval festivo. Las sonrisas, las miradas ansiosas y los primeros valientes en alistarse para la carrera sobre la pendiente se dejaban ver impacientes y expectantes. Más allá, vimos al campeón, Chris Anderson, el hidalgo del queso. Toda una celebración emergía a su alrededor. Su humildad, energía y apego al rodeo equilibraban el glamoroso minuto previo al toque de salida, un contraste irónico con mi propia carrera hacia el desastre.

—¿Cómo te sientes? —inquirió Abby, bebiendo un sorbo de su botella de agua, observando la multitud con ojos críticos.

—¿Cómo crees? Ansioso. Siento el estómago como si hubiera tragado una de esas ruedas de queso.

—¿Le llevarás la cartera?

—Tengo que... ¿Vendrás conmigo?

—Desde luego, a menos que no quieras.

—Estará bien. Después de todo, me has puesto al tanto de una situación que no entendía y que, sin desearlo, no sé; quizás hubiese cometido un error fatal. Te lo agradezco.

—Un gusto poder ayudar.

Avanzamos, abriéndonos camino por el gentío, empujando y siendo empujados, hasta llegar a la parte posterior de la ladera central. Una vez ahí, intenté localizar a Ailana y a su renegado amigo y... ¡Sorpresa! Ya no estaban donde los había visto por última vez.

Nos separamos y nos abocamos a la tarea de encontrarlos. Recorrí gran parte del sitio, sintiendo la frustración crecer con cada paso, y nada. ¿Qué hacer? ¿Hacia dónde ir? En eso recordé su teléfono. Marqué su número con insistencia, ¿y qué creen? El desdichado cordón umbilical electrónico que me conectaba a ella sonó dentro de su cartera, la cual colgaba de mi hombro. ¡Me vale la vida!

Me calmé, respirando hondo. No había por qué enloquecer. Tal vez fueron a caminar. Después de todo, resultaban ser una pareja cualquiera a ojos del mundo, ¿no es así?

«Ya, Hadrien, debes calmarte, viejo, o perderás el hilo del enfoque.»

Al rato, me crucé con Abby. Tanto ella como yo no pudimos dar con ninguno de los dos. Coloqué mis manos en la cintura y levanté mi rostro al cielo, suspirando ante la inmensidad azul que parecía burlarse de mi pequeñez.

—¿Dónde podrían hallarse? —dije con voz inquieta, casi temblando.

—Resulta difícil saberlo. ¿Ailana ha venido antes?

—No lo sé. No que yo sepa.

—Mira, peinaremos el terreno una vez más y luego iremos hasta un sitio que conozco. ¿De acuerdo?

Lo recorrimos todo por otra media hora, sin resultados. A mis espaldas sonaban los festejos y la algarabía del festival, una banda sonora alegre para mi tragedia personal. ¡Puerco festival!

Tras un corto periodo de búsqueda adicional, la voz de Abby rompió mi ensimismamiento.

—¡Hadrien! —exclamó, viniendo hacia mí, haciendo señas e indicando una dirección con urgencia—. ¡Los encontré! ¡Ven!

Mi nueva amiga de corridas me tomó de la mano y nos guio hasta ellos. Detrás de unos frondosos árboles, en un claro apartado que invitaba a la intimidad, los hallamos sentados, hablando; al menos es lo que podía distinguir desde donde me encontraba. Nos acercamos siendo prudentes, tratando de nivelar nuestra agitada respiración, lo cual, por lógica y al avanzar entre el follaje, con algunas ramas secas resquebrajándose bajo nuestros pies, terminó por delatarnos.

«Descubierta nuestra tapadera.»

Ailana se incorporó nerviosa, como si la hubiéramos sorprendido cometiendo un crimen. Aidan observó intrigado a su hermana y al momento cambió su semblante por uno más alegre, una transformación que me pareció ensayada.

—¡Abby, hermanita! ¡Mira a quién me encontré! ¡Eah! Y tal parece que tú también has conocido a alguien, por lo que veo —cuando el vikingo se me acercó, comprobé lo grande que se mostraba en las distancias cortas. Altivo como un guerrero de estampa, que emanaba una confianza física abrumadora. Ya veía por qué le gustaba a Ailana—. ¡Hola! Soy Aidan, hermano de esta hermosa mujer que traes tomado de la mano. ¿Quién eres, muchacho? ¿De la zona, tal vez?

—Aidan... —dijo Abby, retirándome la mano con suavidad, como si el contacto quemara.

—Muy bien, si tú lo has encontrado, es porque ya se conocen, ¿no es así?

—Aidan, él es Hadrien... el novio de Ailana.

El punto de inflexión que el comentario de Abby produjo en el ambiente tuvo el impacto de un choque de trenes expresos. Ailana permaneció inmóvil, temblando ligeramente, su rostro había perdido un poco de color. Aidan nos vio a ambos, luego a Ailana, que lo miraba con seriedad; de nuevo, a nosotros. Colocó sus manos en la cintura y lanzó una carcajada que resonó falsa entre los árboles.

—Se trata de una broma, ¿cierto? Porque según tengo entendido, ella ha venido sola al festival. Al menos es lo que me ha dicho.

Suspiré, inclinando la cabeza ante el gigantón de ojos claros que mostraba la confianza suficiente como para iniciar una revuelta contra el Parlamento sin despeinarse.

—¿Por qué cuando alguien dice la verdad, se sospecha que se trata de una condenada broma? Solo necesito una explicación. Es todo, y me iré por ese lado del camino —dije, señalando a un sendero boscoso que prometía soledad—. Y porquería que no regresaré.

—¿Explicación? —dijo Aidan, recobrando su seriedad y frunciendo el ceño—. ¿Cuál explicación?

—Aidan —intervino Abby, poniéndose entre nosotros—; hermano, es en serio. Ellos están saliendo.

El irlandés se volvió con suavidad hacia su dama de compañía, buscando confirmación en sus ojos.

—¿Es verdad, Ailana? ¿Sales con él?

—Resulta precioso este lugar —respondió, impresa en un mar de emociones que parecían desconectarla de la realidad inmediata. Con lentitud, se sentó una vez más sobre la hierba, ignorando la pregunta. Recogió un diente de león y, luego de observarlo por unos segundos como si contuviera los secretos del universo, rompió en llanto. Aidan se aproximó a ella y colocó una mano sobre su hombro, un gesto posesivo. No me importó. A estas alturas, cualquier cosa podía suceder.

—Solo una explicación, es todo —repetí como un eco que busca saber si se trata de un sueño o no—. Y me iré. Lo prometo, y ya no te molestaré.

Ailana lloró un poco más y luego, entre sollozos, me vio directamente a los ojos. Había dolor allí, pero también algo más.

—Lo siento, Hadrien. Siento no habértelo dicho.

Ignorando a Aidan, me acerqué unos pasos y allí me acuclillé, devolviéndole la mirada. No de odio, ni de enojo, ni mucho menos de resentimiento. En mi interior, nada más buscaba una respuesta, un cierre.

—¿Aún lo amas, Ailana? —pregunté, y mi voz sonó más firme de lo que esperaba. Después me dirigí a Aidan—. ¿Y tú...?

El danés fue tomado por sorpresa; enseguida retiró su mano del hombro de Ailana. Se ubicó en la verde gramilla, tomando distancia. Desde allí, respondió viendo a mi desconsolada novia, que hasta el momento lo era.

—Fue por eso que regresé —respondió, apoyando sus manos sobre las rodillas y recostándose sobre el tronco de un árbol, adoptando una postura relajada que contrastaba con la tensión del momento—. Sin embargo, deseé pasar por aquí primero, dado que mi hermana lo quería.

Pero...; una vez que termináramos con el festival, iría por ella. Yo... he venido a disculparme por lo ocurrido años atrás y tratar de recuperar lo que alguna vez constituyó lo nuestro. Te amo, Ailana. Y de verdad lamento el haberme propasado contigo. De verdad lo digo, a pesar de que fuiste tú la que se encargó de levantar mis deseos. Tus bailes sensuales, tus miradas provocativas y gestos que hacían alusión a que podrías llegar a ser mía alguna vez, me hostigaban por las noches impidiéndome conciliar el sueño. No obstante, no lo digo por mí, sino por ti. Porque fuiste tú la que me buscó. Y al encontrarte hoy aquí, pues, supuse que sería una señal de que nuestros caminos estaban destinados a cruzarse. Lo demás pertenece a la historia vieja.

Estuve a punto de marcharme de ese condenado sitio al que odié con todas mis fuerzas. La rabia burbujeaba en mi pecho. Abby extendió su mano y meneó la cabeza, pidiéndome paciencia silenciosa. Insistí. Coloreó una mano en mi pecho y me vio con seriedad.

Regresé mi vista a Ailana, quien no me sacaba los ojos de encima. Esos maravillosos ojos que tanto amé y que hoy lloraban impresos de sentimientos encontrados.

—Ailana, lo entenderé, o quizá no lo haga, no lo sé. Pero no hay por qué pelear o discutir; somos adultos y, aunque las inesperadas sorpresas como estas tienden a doler, lo aceptaré. Sea el camino que escojas, lo aceptaré. Mereces ser feliz y no me interpondré en tu camino.

—¿Por qué? —respondió con sus labios temblorosos, incorporándose despacio, como si cargara un peso inmenso.

—Porque has decidido amarlo, y tu corazón se determinó a hacerlo. No puedo ir contra eso. Tampoco lucharé por tu amor, porque en tu alma ya has tomado la decisión de amarlo, y lo has hecho, más allá de cualquier cosa que me hayas dicho. Por tanto, me iré.

—Lo siento, Hadrien, en verdad... lo lamento. Y no digas que no te amo, porque sí lo hago —sorpresa y más sorpresas se apilaban una tras otra—. Te amo con locura. Mi amor por ti no ha sucumbido, ni lo hará jamás. Eres mi hombre, mi amigo y el único que supo pelear por mí cuando ningún otro lo hizo. Me atrapaste con tus chiquilinadas y me arrullaste con tus versos. Yo te amo, Hadrien, y te diré por qué he hecho todo esto.

Muy bien, ¿recuerdan el punto de inflexión del comienzo de esta anécdota? ¡Arrójenlo sobre una olla de fundición y prénsenlo de nuevo! Después tómenlo y aviéntenlo sobre una muralla de cristal, y todos esos pedazos no podrán reflejar jamás lo que mi rostro reveló en ese confuso momento.

—No entiendo.

—No podrías, mi amor. No podrás jamás conocer el tipo de amor que llevo enraizado en mis entrañas. Te amo y me desbordo por ello, Hadrien. Mi amado prometido de poesías y rimas. Estamos unidos de un modo que no te lo puedo explicar. Estamos entrelazados. Y sé muy bien que, por dentro, morirías si me alejara de ti, pero jamás lo haré, tonto, jamás. Te amo con la fuerza de mi alma y nada cambiará eso.

Ailana avanzó hacia mí y tomó mi rostro con sus manos. Su fragancia, la suavidad de su piel, ¡miles de expresiones se acumularon sobre mis hombros en ese estupendo minuto!, en tanto el mundo a mi alrededor se desvanecía influido por algún tipo de poder divino, reduciéndose solo a ella y a mí.

—Ailana —articuló el hijo de Odín, rompiendo el hechizo—; resultaría bueno si explicas todo esto.

Abby, que por entonces se encontraba en silencio, sonrió y, sin decir nada, se alejó unos pasos, dándonos espacio.

—Fue para probarme a mí misma, Aidan —dijo Ailana, y su voz cambió. Ya no sonaba frágil; sonaba firme—. Necesitaba saber que realmente las penas que me habías infligido con tanto sadismo ya no me afectaban. Ya no cabían en el hueco abismal de mi alma que dejó tu incoherente idiotez. ¡Y qué mejor manera que estando tú aquí presente para probarlo! ¿Sabes...? No olvido lo que sucedió en tu auto esa fría noche cuando decidiste usar tu hombría para destruir mi integridad. Pobre ilusa de mí. Yo supuse que me respetabas tal y como yo me sentía atraída hacia ti. Pero...; viéndolo en retrospectiva, el amor jamás tuvo lugar en nuestra relación. Yo... simplemente me sentía fascinada por tu gallardo comportamiento, tu confianza y tu seguridad varonil —sonrió con un dejo de tristeza, una sonrisa que no llegaba a sus ojos—. Una adolescente seducida por el machismo innato de un chico popular. ¡Mil veces me pregunté cómo fue que caí tan bajo! ¿Cómo pretendía ser tu novia cuando en verdad tú, solo buscabas tener sexo conmigo para después deshacerte de mí e ir por la siguiente de turno? —avanzó hacia el hombretón y con su dedo índice lo plantó firme sobre el pecho de este, como si clavara una estaca—. Creí que se trataba de algo serio, que realmente te importaba. Pero no fue así. Y cuando me di cuenta, decidí que no me arrojaría a tus brazos, que no permitiría que tu ego arrogante y presumido terminara conmigo. Y sé que, mi comportamiento hacia ti fue directo y sin engaños. Te provocaba. Me movía sensualmente para ti y te atrapaba con mis besos. ¡Porque actuaba como tu novia, maldito idiota! Se suponía que ese representaba un juego amoroso que no debía concluir de manera forzada. Que esperaríamos el momento para hacerlo. Que no habría nada que nos detuviera para que eso ocurriera de forma natural. Pero no pudiste aguantarte. No pudiste refrenar tus impulsos. Y para cuando yo me di cuenta de que no podría escapar, y de que tus intenciones eran otras, que no deseabas en lo absoluto mantener algo serio conmigo, resultó demasiado tarde para mi inocencia. Caí como una estúpida. Para el instante que decidí cortar contigo, tú ya estabas sobre mí. Como un loco acosador babeante —se apartó, y con sus manos empujó el pecho del troglodita hacia atrás. El sujeto retrocedió un paso, impávido e indiferente, aunque pude ver un gesto de desagrado dibujarse en su rostro al oír la verdad desnuda—. Maldita sea la vez que puse mis ojos en ti. Y lo fue, lo fue porque tú terminaste maldiciendo mi vida.

No pensaste siquiera en cómo me sentiría, Aidan. Me humillaste, y pagué cara esa vergüenza. Los días fueron transcurriendo, y no sabes cuánto me costó olvidar las penas y los crueles adagios que tu madre difundió por todos los rincones de la ciudad. Y cuando te marchaste, lloré, sufrí, pero no por tu partida, sino por el dolor que dejabas atrás para mí. Pude sentir cómo una gran nube oscura se apoderaba de mi vida, y cómo todo a mi alrededor me engullía lentamente, sin prisa, atenazando el aire de mis pulmones y rasgando poco a poco mi espíritu. La depresión me rodeó y me inhabilitó para vivir...; y todo gracias a ti, y a tu madre. Ambos se encargaron de hacer un buen trabajo conmigo. Porque después de eso, fue un camino a ciegas por el que me tocó transitar. Pero hoy... hoy todo eso acabó. Mis prisiones fueron rotas. Tu desalmado acto dejó de hacerme sentir sucia. Tus asquerosas manos ya no infligen recuerdos indeseables. Y al presente, escupo sobre tu vida, Aidan. Perro altanero y desgraciado. Ojalá lo pagues en esta vida. Ojalá sufras una condena mayor que la que yo viví y que recibas mil veces más de lo que hiciste conmigo —se volvió hacia mí, y la furia en sus ojos se transformó en una luz cálida—. Y él, este tonto poeta de vagabundos y cometas, logró lo que ninguno de mis pretendientes y amigos pudo, amarme sin importar si le correspondería o no. Hasta que al fin... lo logró. Y yo pude amarlo... yo pude amarte.

Dejó caer todo su peso contra mi pecho, como si la gravedad hubiera decidido reclamarla por completo en ese instante. Sentí la humedad caliente de sus lágrimas traspasando la tela de mi camisa, quemando la piel, mientras sus sollozos se transformaban en una vibración constante que resonaba en mi propia caja torácica. El viento soplaba con fuerza en la colina, agitando nuestros cabellos y trayendo consigo el olor a tierra húmeda y a tormenta inminente, pero ella parecía ajena al frío, adosada únicamente a la seguridad que mis brazos intentaban ofrecerle.

Aidan, se sacudió la suciedad de los pantalones con una dignidad fingida que resultaba patética. Se mantuvo de pie, oscilando ligeramente, con la expresión de un niño al que le han arrebatado un juguete que creía de su propiedad exclusiva. Nos observaba con una mezcla de confusión y esa arrogancia masculina herida que suele preceder a la violencia o a la súplica. Finalmente, optó por la incredulidad.

—¿Por qué reías, entonces? —preguntó, en un intento desesperado por reescribir la realidad inmediata—. Cuando hablábamos hace un momento. Noté que te mostrabas cómoda. Parecías feliz conmigo. Te reías, Ailana.

Ailana se separó de mi pecho. Lo hizo despacio, tomando una bocanada de aire. Se giró hacia él, y en sus ojos ya no habitaba la víctima temblorosa de minutos atrás, sino una mujer que acababa de despertar de una pesadilla larga y asfixiante.

—Porque a cada segundo que pasaba a tu lado, más y más comprendía que el daño había desaparecido. Me di cuenta de que la herida interior ya no supuraba. Que el recuerdo de tu abuso, de todo lo que me hiciste, se diluía con la misma facilidad con la que el sol evapora el rocío de la mañana. Me reía, Aidan, porque descubrí que te había perdonado. No por ti, sino por m —dio un paso hacia él. Aidan retrocedió instintivamente, como si la verdad física de ella resultara insoportable—. Le di la cara a ese horrible demonio de mi pasado. Lo enfrenté y descubrí que ya no infundía miedo. Ya nada de ti lograba lastimarme. Ya nada de tu presencia conseguía acobardarme. Me sentí sana, Aidan. Completamente sana. Por eso permanecí ahí contigo, te seguí el juego y caminé a tu lado: para cerciorarme de que tú solo representabas a una persona que, en realidad, nunca existió en mi vida. Que aquello que yo creía un monstruo invencible, hoy se manifiesta simplemente como un patético imbécil consentido por su tonta madre —Aidan abrió la boca para replicar, pero ella no le concedió tregua—. Y créeme, durante noches enteras juré que algún día me las pagarías. Fantaseé con ello. Imaginé escenarios donde te disparaba por la espalda o planeaba tu secuestro para luego arrojarte a los lobos y verte suplicar. Pero hoy, al tenerte enfrente, no lo hice. Mi personalidad no se ajustaba a esa clase de brutalidad, ni mis patrones morales validaban la venganza sangrienta. No. Con esto me basta. Me resulta suficiente con arrojarte a la cara, esa basura, la porquería que tú te encargaste de sembrar en mi corazón durante tanto tiempo. Eso constituyes ahora para mí. Una porquería de hombre. Un idiota cavernícola que cree que el mundo le debe pleitesía. Un pusilánime nauseabundo y lleno de estiércol.

El silencio que siguió a sus palabras pesaba más que el plomo. Aidan nos miraba fríamente, con la mandíbula tensa, incapaz de procesar que la mujer a la que creía dominar acababa de demolerlo sin levantar un dedo. Sus ojos iban de ella a mí, buscando un punto débil, pero Ailana ya no le prestaba atención. Se volvió hacia mí, y la furia en su mirada cambió de objetivo, aunque se tiñó de una vulnerabilidad desgarradora.

—¿Por qué tardaste tanto? —me reclamó, golpeando débilmente mi pecho con sus puños cerrados. Su tono destilaba un anhelo doloroso—. Hace rato que deberías haber venido por mí, Hadrien. ¿Por qué te quedaste ahí parado? ¿Por qué no hiciste nada para impedir que escapara con él cuando me tomó de la mano? —sus ojos me interrogaban, buscando una respuesta que justificara mi inacción—. Yo... esperaba que me interrogaras —susurró, con la voz quebrada—. Que preguntaras, que gritaras, que hicieras cualquier maldita cosa. ¿Por qué dejaste que el tiempo transcurriera sin moverte?

Por supuesto que ella había notado mi presencia. Había sentido mi mirada clavada en su espalda mientras se alejaba con él. Ingenuo de mí al pensar que podía ocultarme. Negué con la cabeza, sintiendo cómo la adrenalina del momento me abandonaba, dejándome una sensación de agotamiento profundo en los huesos.

—Me tomó por sorpresa, Ailana —confesé, y mi propia voz me sonó extraña, lejana—. Quedé inmovilizado. No supe qué hacer. Verlo a él, verte a ti...; en realidad, no supe cómo reaccionar sin empeorarlo todo.

—¿Estabas dispuesto a perderme? —preguntó, y el miedo en su pregunta me heló la sangre más que el aire de la montaña.

—No, jamás. Pero decidí esperar. Necesitaba saber más antes de actuar.

—¡Hadrien, por todos los cielos! —exclamó, frustrada—. Si ves que tu novia toma de la mano a otro hombre, y más a uno como él, no debes permitirlo bajo ninguna circunstancia. Debes interponerte. Debes exigir saber el porqué de esa actitud. No dejar que me vaya, así como así, como si no te importara.

—Como te dije, la situación me desarmó —insistí, tomando sus manos entre las mías, tratando de transmitirle el calor que ambos habíamos perdido—. No esperaba que algo así ocurriera hoy. Me paralicé. Mil pensamientos cruzaron mi mente, desde el miedo a que fuera una elección tuya hasta el terror de que estuvieras siendo coaccionada. No reaccioné hasta que me crucé con Abby. Ella me narró parte de su historia, me dio el contexto que me faltaba y rompió mi estupor.

Ailana me miró fijamente, y poco a poco, la tensión en sus hombros comenzó a descender. Se acercó más.

—Ya no hay odio, Hadrien —dijo, bajando la voz hasta convertirla en una confidencia íntima—. Ni tristeza. Ni desesperación. No queda nada de eso dentro de mí. Y la razón eres tú. Puesto que formas parte de mi vida de una manera que ni siquiera alcanzas a imaginar —levantó una mano y acarició mi mejilla—. Cuando la angustia de mi espíritu se marchó, tu amor llenó ese espacio vacío. Cuando el miedo se evaporó, tu presencia ocupó ese lugar. Te encuentras tan dentro de mi existencia, Hadrien, que ignoro por completo dónde termino yo y dónde comienzas tú. Constituimos un círculo de amor constante, sin fin, sin restricciones. Es esa clase de romance loco, casi bestial, lo que nos ha entrelazado de esta forma tan compleja. Porque nuestro amor nació de los escombros, de las ruinas humeantes de mi pasado —sus ojos brillaban con una intensidad febril—. Y cuando nadie más supo ver lo que se escondía entre todo ese dolor y esa muerte sin esperanzas, porque mi alma yacía agonizando, dormida en el pesar de un desgarrador desaliento... Tú, mi ángel, lograste extender tus manos. Tuviste el valor de recorrer todo ese lánguido camino de crueldad y aflicción para llegar a mí, aferrarme en tus brazos y, con ello, liberarme del pozo negro en el que me encontraba —se inclinó hacia mi oído—. Por favor, llévame contigo, Hadrien. Cárgame en tus brazos y regresemos al hotel. Sácame de aquí. ¿Cómo diablos se me ocurrió llevar a cabo una hazaña de este tipo? ¿En qué carajos estaba pensando?

La abracé con fuerza, sintiendo la fragilidad de su cuerpo contra el mío, una estructura delicada que albergaba una fuerza titánica.

—Tus deseos de restregárselo en la cara y tu resentimiento como martillazo final; esos se perfilan como los motivos más probables —le dije suavemente—. Pienso que sufriste un momento de necesidad de venganza pura. Lo viste y decidiste ejecutarlo sin pensarlo dos veces. Esa oportunidad se presentó ante ti para demostrarte, y demostrarle al mundo, que eres infinitamente más fuerte que él.

—Lo siento —dijo ella, escondiendo el rostro en mi cuello—. Siento haberte dejado solo en esa incertidumbre. No procedí de manera correcta. Actué impulsada por la ira y el despecho, por la rabia y el descontrol de un momento de odio absoluto. Cielo santo, no debí comportarme de esa forma —hizo una pausa, y sentí cómo su cuerpo se tensaba de nuevo—. ¿Y si su recuerdo todavía me afecta? —preguntó con un hilo de voz—. ¿Y si solo actué así, como un mecanismo de defensa, solo para decirme a mí misma que él no me influye en nada, cuando en realidad sí lo hace?

—Supongo que deberás lidiar con esa duda. Tendrás que preguntártelo en la soledad de tu mente, sincerarte y mirarte al espejo sin parpadear. Eso constituye algo que solo tú podrás responder con el tiempo. Ya veremos cómo lo resolvemos juntos. Pero no pienses ahora. Trata de relajarte. Déjalo ir por hoy.

Sin esperar más, la cargué en mis brazos. Se sentía tan liviana como una pluma, un peso que mi cuerpo reconocía y aceptaba con gratitud. Ella se aferró a mí, rodeando mi cuello con sus brazos y cerrando los ojos, entregándose por completo al cansancio. Sin dedicarle una sola mirada más a Aidan —quien permanecía allí, estático, convirtiéndose en parte del paisaje yermo—, me alejé del lugar.

Avanzamos despacio, sintiendo los latidos de su corazón acompasarse con los míos. El descenso se tornaba complicado por el terreno irregular, pero la carga me mantenía firme.

—Si quieres, cuando estemos en el hotel, te relataré el resto.

—Está bien. Descansa.

El trayecto de regreso se sintió como cruzar un umbral entre dos mundos. Dejábamos atrás la intemperie, el juicio y el pasado, para adentrarnos en la calidez de lo conocido. Al llegar a nuestra habitación, el silencio nos recibió como una bendición. Allí, varados en el tiempo y la ocasión, nos hundimos en nuestro amor con la desesperación de los sobrevivientes.

Atrás quedaba una jornada de aventuras absurdas y corridas frenéticas, de secretos desenterrados y confesiones a medio gas. El mundo exterior continuaba su recorrido cotidiano, indiferente a nuestras batallas; los mismos cielos cubrían a todos, y las abundantes diferencias que movilizaban las historias entre hombres y mujeres seguían su curso. Pero en ese cuarto, con sus paredes que nos aislaban del ruido, solo existíamos nosotros y la gramática de nuestros cuerpos.

Pensé en la integridad mientras la veía desvestirse. No existe la queja válida entre aquellos que han sabido preservar su esencia, luchando por sus principios sin dejarse vapulear por la falta de inteligencia o la crueldad de algunos. Por el contrario, aquellos que, como Aidan, han buscado dañar a otros con premeditación, terminan fracasando estrepitosamente. Su caída se produce debido a su propia arrogancia, presunción y necedad; y por ello, se ven obligados a recorrer el patíbulo de los condenados a una humillación que ellos mismos han acarreado sobre sus cabezas.

Pero alejé esos pensamientos oscuros. Basta ya de reflexiones morales y de juicios tardíos. En ese instante, mi única religión se encontraba frente a mí. Quería recrear mis ojos en las suaves y adorables curvas de su magnífico cuerpo, que se ofrecía sin reservas bajo la luz tenue de la lámpara. Quería sumergirme en la dulzura de su alma, que, a pesar de las cicatrices, brillaba intacta. Y, sobre todo, anhelaba la exquisita satisfacción de vernos acurrucados, en un perfecto acto de pasión que borrara cualquier rastro de frío que la colina hubiera dejado en nosotros.

CAPÍTULO 6

El sol de la mañana se cernía sobre Gloucestershire con una timidez pálida, filtrándose a través de una techumbre de nubes que, lejos de permanecer estáticas, mutaban y se recomponían impulsadas por las corrientes altas.

Recogimos nuestras pertenencias en un silencio que parecía poseer peso propio, una densidad que ocupaba el espacio entre nosotros dentro del habitáculo del coche. Mientras dejábamos atrás la región, observé cómo la ciudad despertaba; los lugareños emergían de sus casas con esa parsimonia rutinaria, iniciando la coreografía diaria del trabajo y la subsistencia.

Gloucestershire se mantenía allí, estancada deliberadamente en un siglo anterior, exhibiendo sus faldas victorianas de ladrillo y piedra con una dignidad inamovible.

Si alguna vez alguien decidiera perderse en este rincón del mundo, descubriría que el verdadero encanto no reside en los grandes monumentos, sino en los murmullos. En el modo en que las puertas de madera noble parecían guardar secretos de generaciones, en los amplios cortinados que se alzaban contra el paso del tiempo en las ventanas altas, convergiendo en una mirada hacia el pasado que resultaba indiferente, casi insolente, frente a las tradiciones modernas.

Conduje con la mente suspendida en una extraña cordialidad, consciente de una fortuna que, en ese instante, se antojaba frágil. Me sorprendí a mí mismo esbozando una sonrisa tenue, un gesto involuntario nacido de la contemplación armónica del paisaje que huía por la ventanilla. Giré el rostro brevemente. Ailana se hallaba inmersa en una tarea minúscula, doméstica. Su lengua asomaba levemente entre los labios, presa de una concentración infantil y tierna, mientras untaba mermelada de arándanos sobre unas tostadas.

Constituía nuestro pequeño ritual de despedida; detenernos en el umbral de la ciudad que abandonábamos para beber té y comer tostadas, como si con ese acto pudiéramos digerir también la memoria del lugar.

De pronto, el movimiento de sus manos cesó. Su mirada se fijó en un punto indeterminado del parabrisas, en la nada. Y con un gesto lento, depositó el cuchillo y el pan en el asiento trasero y, sin previo aviso, se abalanzó sobre mi cuello. Su llanto irrumpió en el coche, quebrando la quietud.

Verifiqué por el retrovisor que nos hallábamos correctamente aparcados en el arcén, asegurándome de que nuestra burbuja de drama privado no interfiriera con el flujo del mundo exterior, evitando el estruendo de un claxon o los gritos de algún conductor impaciente. Solo entonces correspondí a su abrazo. Me mantuve en silencio, escuchando sus sollozos, sintiendo la humedad caliente de sus lágrimas.

—Lo siento, Hadrien —su voz surgía ahogada contra mi hombro—. Lo lamento tanto, mi amor. Lamento que hayas tenido que verme junto a él, junto a otro hombre, sin saber el porqué.

Acaricié su cabello, tratando de transmitir una calma que yo mismo no terminaba de poseer.

—Está bien, princesa... Te encuentras aquí, conmigo. Eso constituye lo único verdaderamente importante. ¿Lo demás? Lo demás permanece en Gloucestershire, atrapado en el pasado.

—No —se separó lo suficiente para mirarme a los ojos, con el rostro enrojecido—. No está bien. No resulta correcto. Cometí un error. De hecho, ni siquiera debería haberle dirigido la palabra. Si apelo a la razón, comprendo que no se trató de una buena jugada. Utilicé la excusa de probarme a mí misma que ya no albergaba dolor ni amargura en mi alma, pero me engañaba. Quise restregarle en la cara lo difícil que resultó para mí soportar las crueldades de su madre, el hecho de que todos me señalaran como si representara una mercancía dañada, una mujerzuela de mercado a la que alguien usó y descartó sin la menor consideración. Continué en esa reclusión, sintiéndome una cualquiera, hasta que apareciste tú. ¡Cielos, perdóname!

—Ya te perdoné anoche, cuando te tuve entre mis brazos. Te hice mía, del mismo modo que aquella primera vez, cuando nos descolgamos en el pórtico de la floristería. ¿Recuerdas aquella alfombra de rosas y peonías que preparamos para que sirviera de nuestro primer lecho? Me entrelacé a tu alma en un éxtasis prodigioso, en la más fina locura de pasión. Me embriagaste con tus labios y en ese acto no hubo espacio para el rencor.

—Sin embargo, ¿Por qué no me lo reprochas?

—No podría. No sabría cómo hacerlo sin dañar lo que tenemos.

—¿Habrías peleado por mí? —preguntó de repente, y la pregunta quedó flotando en el aire viciado del coche—. En caso de haber sido otro el resultado.

Sentí que el terreno bajo mis pies se volvía pantanoso.

—¿Te refieres al hipotético caso de que te hubieras marchado con él?

—Sí. A eso me refiero.

Tomé su rostro entre mis manos, sonriendo con una comprensión triste.

—Si por esas cuestiones insondables de la vida todo hubiera resultado diferente, y tú hubieras decidido embarcarte con Aidan en busca de nuevas alturas. No, Ailana. No habría peleado por ti —parpadeó, confundida—. La respuesta resulta simple —continué, midiendo cada palabra—. Tu corazón ya lo habría decidido. Si tú elegiste corresponderle en cuerpo y alma, dime, ¿qué tipo de batalla puedo librar contra eso? ¿Qué acción eficaz puedo emprender cuando ya has consentido, en tus deseos más íntimos, abrirle tu corazón a alguien más?

—¿De verdad lo dices? —se retiró hacia su asiento, como si mi respuesta la hubiera empujado físicamente.

—Aunque me cueste el momento y me duela admitirlo. Verás, no pertenezco a esa clase de hombres que llegan con gran gallardía y declaran: "No dejaré que me la arrebaten, lucharé y la conquistaré de nuevo". ¿Qué sentido tendría tal esfuerzo si la persona a la que amas ha resuelto, en lo más profundo de su ser, seguir a ese hombre, estar con él, besarlo y hasta amarlo? —hice una pausa, mirando hacia la carretera vacía—. Podría intentar romper las montañas con mis puños, podría traer de lejos los ríos solitarios y aventarlos sobre los valles secos. Gritaría mi dolor, mi amargura y la ira de haber perdido un trozo vital de mi existencia, pero eso únicamente, constituiría todo mi actuar.

—Hadrien, ¿hablas en serio? —su voz sonaba confusa, teñida de una consternación que no esperaba.

—Sí. Tan cierto como que tú te encuentras aquí conmigo ahora.

Permaneció con la boca entreabierta, procesando la información. Regresó lentamente a su posición original, con la mirada perdida en el salpicadero.

—¿Ese se manifiesta como el grado de amor que sientes por mí, entonces?

—Solo te amo si tú me lo permites —respondí con suavidad, pero con firmeza—. No puedo obligarte a hacerlo. Del mismo modo que no puedo forzar a nadie a ser alguien que no desea ser. Por favor, Ailana, entiéndeme. Te amo y pelearé por ti, pero solo si resulta necesario y si hay una base para ello. Si por algún motivo te alejas y no deseas hablarme más, pero continúas amándome, entonces lo haré, pelearé por ti. Si alguien busca separarnos con fines egoístas y te ves involucrada en ello contra tu voluntad, pero continúas amándome, lo haré, pelearé por ti. Pero si decides transformar ese amor hacia mí en un deseo de ir en busca de alguien más, alguien que pudiera darte aquello que crees necesitar, aunque se trate de un simple capricho... no lo haré. Porque...

—Yo lo he decidido —me interrumpió, alzando la barbilla con un gesto defensivo—. Yo he asumido la responsabilidad de ir por algo que sostengo que resulta mejor y deseo probarlo. Lo entiendo, Hadrien. Entiendo tu lógica fría.

El silencio se instaló de nuevo, pero esta vez carecía de la calidez anterior.

—¿No habrá desayuno? —pregunté, intentando aligerar la atmósfera.

—No. No lo habrá. Me siento molesta. Enojada.

Suspiré para mis adentros. ¿Y ahora qué había hecho? La honestidad, al parecer, tenía un precio infraccionado.

—De acuerdo. Prosigamos hacia Leeds.

—¡Rayos, Hadrien! —exclamó irritada, agitando las manos—. ¿Dejarías que me vaya con un tipo como Aidan sin hacer nada? ¿Simplemente me verías partir?

—Princesa...

—¡Ailana! —gritó—. ¡Me llamo Ailana!

—Ailana —dije con toda la paciencia que pude reunir, rogando que esta conversación no derivara en complicaciones innecesarias. ¿Qué carajo de confusión se estaba produciendo por una hipótesis? —. Supongamos que tú escoges ir con Aidan. Dime, ¿por qué lo harías?

—Ese constituye el núcleo de todo. Jamás estuvo en mis planes. Jamás regresaría con él.

—Entonces, ¿por qué estos estados alterados?

—No lo sé. Es que me fastidia ese concepto que tienes de no luchar por mí. Me hace sentir prescindible.

Regresé el coche al lado de la autopista, descendiendo con cuidado por un sendero de hierbas y piedras hasta estacionarme bajo la sombra de unos árboles viejos. Ella descendió primero, azotando la puerta, y se recostó sobre el costado del auto, cruzada de brazos. No me apresuré. Minimicé mis movimientos, apagué el motor y bajé sin sobresaltos. No esperaba esto; supuse que entendería mi postura como una muestra de respeto, no de desinterés. La situación comenzaba a molestarme. Me acerqué. El aire fresco olía a tierra húmeda.

—¿Qué es lo que no entiendes, Ailana? ¿Crees que no iría por ti y me alejaría sin más? ¡Claro que te equivocas! Porque yo iría por ti hasta el fin del mundo. Sangraría mis rodillas si resultara necesario y no me detendría por nada, así el fuego lacerara mis manos o el agua inundara mis pulmones. Yo iría por ti, Ailana. Lucharía hasta encontrarte. Y si tu corazón llegase a fallar, no dudaría en entregarte el mío para que siguiera latiendo.

Ella me observó con los ojos muy abiertos, perdidos en una contemplación admirada al escuchar la vehemencia de mis palabras.

—¿Pero...? —susurró, intuyendo la cláusula condicional.

—Es lo que no deseas oír. Se trata de la parte imposible que concluye esta alocada tarea de buscarte y que, sin miramiento alguno, pondría fin a mi lucha. Porque loco de amor por ti, amándote al punto de desfallecer y ya sin aire, de repente, te encuentro en los brazos de otro hombre. Te hallo compartiendo un lecho de amor que no nos pertenece, escuchando cómo te seduce con sus palabras y tú, embelesada con tus ojos brillantes y expresivos, lo miras como si no existiera otro momento igual en el universo. Respóndeme, Ailana. ¿Qué debería hacer yo por ti, si ya has unido tus emociones a las de él como los corales crecen sin comienzo ni fin, y me has hecho a un lado? ¿Debo arremeter con violencia sobre los dos? ¿Golpearlo tal vez? Y a ti, decirte: "¿Por qué lo has hecho?".

—Quizás haya sido un error —balbuceó, aprehensiva, bajando la mirada— y pida que me perdones.

—¡Lo haría, Ailana! ¡Te perdonaría! —mi voz resonó más fuerte de lo que pretendía—. Sin embargo, se trataría de un error que deseaste alcanzar. Un error que gustaste con todos tus sentidos. Tú lo quisiste así. Lo anhelaste y lo llevaste a cabo. Igualmente, como dije, te perdonaría.

—Pero te irías, ¿es cierto?

—Sí.

—Entonces, no me amas como dices que lo haces, porque el amor perdona y se queda.

—Resulta verdad, tienes toda la razón en tu lógica, pero simplemente no lo soportaría. Ese constituye el punto central. Saber que te desviviste por alguien, que dormiste con él, lo disfrutaste y culminaste con un grito de absoluta pasión. No, no me quedaría. Perdonaría, para no arraigar fantasmas y bloqueos emocionales que me impidieran avanzar, pero me iría. En todo caso, serías tú quién haya pisoteado mi amor, para hacerlo a un lado y vértelas con otro. Ese es el punto.

—¿Qué punto, Hadrien? ¿Cuál? No lo entiendo.

—¡Que me he abandonado tanto a ti y te amo de tal modo que no soportaría verte en brazos de otro hombre! —la confesión salió de mi garganta como un vidrio roto—. No lo resistiría, ¿de acuerdo? No sabría cómo lidiar con esa imagen. No podría hacerlo, simplemente porque no poseo las fuerzas para ello. ¡Por esa razón me marcharía! Porque vería que has escogido a alguien más por encima de mí, y has dicho, sin articularlo con palabras: "Él resulta mejor y deseo estar a su lado". Dado que eso es lo que ocurre cuando te acuestas con alguien y decides pasar tiempo de calidad con esa persona. Sucede por la sencilla razón de que has descubierto que posee algo especial, algo que el otro no tiene. Ese se muestra como el motivo que me lleva a decirte que no puedo disputar con ese asunto.

—Sufrirías —dijo con una seriedad sepulcral.

—Si has escogido a alguien más y todas tus atenciones son para esa persona, definitivamente sufriría. Y por eso...

—Te irías... —pausa—. Pero, en el supuesto caso, y no deseo que te molestes conmigo. En el lamentable caso de que tal evento ocurriese, y decidiera regresar, ¿me acogerías si te lo pidiera?

La miré, viendo la vulnerabilidad en su postura.

—No lo sé, Ailana. Intuyo que resultaría un camino difícil, muy pero muy difícil, y no sé si pueda lograrlo. Saber que te has acostado con otro, que has disfrutado del sexo y de su cercanía. No. Definitivamente no podría superarlo.

No dijo nada más. Con paso lento, de brazos cruzados y la cabeza gacha, regresó al auto. Me quedé allí unos instantes, tomando varias bocanadas de aire fresco, tratando de limpiar la frustración de mis pulmones antes de volver al volante.

A partir de ahí, el viaje adquirió la textura de esos trayectos en autobús donde viajas junto a un pasajero desconocido y, por tanto, el silencio se impone como una norma de etiqueta. Y aunque podría sonar molesto, me agradó conducir sin palabras, escuchando solo el rumor de los neumáticos sobre el asfalto. Sabía que pronto, a causa de la calma reinante en el interior del carro, mi consternada pasajera se dormiría.

Media hora más tarde, mi soñada guirnalda de los bosques, dormía en la placidez de un descanso profundo, ajena a mis tribulaciones. Con cuidado para no romper su sueño, reduje la velocidad. No demasiado, lo suficiente como para poder maniobrar sin dificultad y, a la vez, estirar la mano hacia el asiento trasero y coger varias de aquellas tostadas con arándano que habían quedado olvidadas.

El cielo se mostraba en su máximo esplendor, indiferente a nuestros conflictos. Sentí un alivio egoísta de que durmiera; de otro modo, no habría podido deleitarme con las exquisiteces que sus manos habían preparado antes de la tormenta.

Dos horas después, arribábamos a Leeds. Con Ailana fluctuando entre el sueño y la vigilia, me dirigí a la casa de sus padres; allí la dejaría. Al descender del carro, se detuvo por unos instantes, cerró la puerta con suavidad y dio la vuelta. Yo la esperaba del otro lado, sintiendo el peso de las palabras no dichas. Se acercó y me abrazó, pero el abrazo se sintió distinto, cargado de dudas.

—Tonto, tonto —murmuró contra mi pecho—. Quiero dormir y pensar. Pensar y dormir. No me llames y no te distraigas con nadie. Ve a tu casa y descansa. Luego hablaremos.

—De acuerdo. ¿Puedo besarte?

—No. Adiós.

Se alejó hacia la puerta de la casa de sus padres sin mirar atrás. Definitivamente, todo este lío me estaba oprimiendo el pecho. "Muy bien", pensé mientras volvía al coche, "aprovecharé para escribir algo de esta inusitada experiencia con gusto a ceniza". Súbitamente, la imagen de Abby cruzó mi mente. ¿Qué diría ella de todo esto? Tal vez algún día la encontrara de nuevo y lo supiera.

Han transcurrido cuatro días sin hablar con Ailana. No es que la haya estado esquivando; simplemente, ella no respondió a ninguna de mis llamadas. De cierta forma, el silencio resaltó una idea que, al parecer, mi adorable geniecillo de los páramos no tuvo jamás en cuenta; y es que, todo este loco dilema de reencuentros y pasados agrios no ha traído sino problemas.

¿Quién dijo que el amor o la relación con una mujer resultara fácil? El corazón, ese órgano traicionero, a menudo entiende cosas complejas y otras veces se comporta de manera irascible, infantil. En cualquiera de los casos, tal disyuntiva parece estar constituida por un destello evidente; acuerdos y desacuerdos que van de la mano como lo hace una hoja sobre la corriente del río, inseparables. Si una pareja se ve involucrada en una discusión ocasional sobre cuestiones primarias —como fue nuestra absurda conversación teórica camino a Leeds—, eso tiende a extraer respuestas que jamás hubiéramos creído escuchar y que, sin embargo, siempre estuvieron ahí, ocultas en el subsuelo, aguardando el momento propicio para salir a la superficie.

Resulta indudable que, para llevar a cabo una labor de unidad y mantener fertilizada la relación, conviene que haya un mutuo corresponder, además de una sincera concepción de los hechos que rodean a ambos. Amo a Ailana, y sé que ella también lo hace conmigo;

al menos eso es lo que supongo, pienso, reflexiono y siento, aferrándome a todos los verbos posibles para no caer en la desesperación.

Tomé mi cinturón con bandas reflectantes para correr y salí a la calle. Tal vez el ejercicio físico lograra aclarar lo que mi mente no podía. Usé el recorrido de Abbey Dash, deslizándome a través de él en esa acogedora mañana de primavera. El aire fresco golpeaba mi rostro, limpiando mis pulmones. En el camino me crucé con uno y otro conocido, y los saludos acostumbrados resonaron vacíos: "Dale mis saludos a Ailana". "¡Se los daré, gracias!". "¿Cómo estás?". "¿Todo bien?". Palabras huecas, guiones sociales que recitamos para no detenernos a decir la verdad.

Kilómetros más adelante, detuve mi andar. Me sentía exhausto, no tanto por el esfuerzo físico, sino como si llevara en mi alma varios kilos de plomo. Colgué mi cansancio de un poste imaginario y me recliné en un banco público que encontré al borde del sendero. Busqué mi teléfono con dedos ansiosos y revisé el buzón. Nada. Ni un miserable mensaje de texto. La pantalla brillaba con una indiferencia cruel.

—¡Esto resulta grandioso! —exclamé al aire, con ironía amarga.

—Yo creo que no —escuché, por un lado—; más bien pareces un soldado que ha perdido una guerra y ni siquiera sabe cómo regresar a casa.

Examiné de dónde provenía esa voz femenina, tan familiar. Mis ojos tardaron un segundo en enfocar y creer lo que veían.

—¿Abby?

—Hola, afortunado. Supongo que no estás corriendo para huir de tu novia, ¿o sí?

Sonreí, expulsando mi agotamiento con una larga bocanada de aire. La presencia de Abby tenía el efecto de llevarme a la realidad, de hacerla menos volátil.

—No la he visto desde que regresamos.

—Oh, vaya. Espero que no sea grave lo de ustedes.

Se acercó y pude observarla con detalle. Vestía unas calzas negras que llegaban hasta los tobillos, una playera larga un poco más clara con capucha y un gorro de tono gris que ocultaba parte de su cabello. Lucía esbelta, con una radiante mirada inquisitiva que te llevaría a pensar dos veces si se trataba de una aparición real o un mero producto de la fatiga.

—Pues, no lo sé. Hemos estado intercambiando algunas reflexiones teóricas y, al parecer, no le han caído para nada bien.

—¿Puedo sentarme?

—Seguro. Y a todo esto, ¿qué haces en Leeds?

—Una oferta de trabajo —dijo, sentándose y estirando las piernas—. Debía elegir entre regresar con mi hermano o aceptar esta propuesta. Me decidí por esto último. Supuse que un cambio de aire me vendría bien.

—Actuaremos como vecinos, entonces.

—Tal parece que sí.

—¿Cómo te fue?

—¿Disculpa?

—El Festival del Queso.

—¡Oh! —su rostro se iluminó—. Lo gané.

—¿De verdad?

—Sí, mira, aquí tengo unas fotos.

Sacó su teléfono y comenzó a deslizar el dedo por la pantalla. Mientras las enseñaba, iba indicando algunos detalles de la bajada vertiginosa, la gente agolpada y el entorno rural del lugar. Por último, apareció la imagen de ella sosteniendo el típico producto artesanal en alto, triunfante. Su rostro en la foto, zanjado por algún roce con la colina y sucio de tierra, no le restaba fuerzas ni encanto; al contrario, le añadía una cualidad visceral.

Entonces, sin que me lo pidiera, impulsado quizás por la necesidad de verbalizar el caos, le narré lo sucedido durante el trayecto a Leeds.

Tal como la última vez, prestó atención a cada una de mis palabras, escuchando no solo lo que decía, sino lo que callaba. Al final de mi resumida historia, permaneció en silencio, bebiendo pequeños sorbos de agua de su recipiente de plástico. Últimamente, he desarrollado una aversión por esas pausas, esos breves periodos de silencio que mujeres como Abby y Ailana suelen ejecutar con la fría mirada de un verdugo del destino, dejándote a la espera de la sentencia.

—Tal vez —dijo sin mirarme, con la vista fija en los corredores que pasaban—, no deberías haberte sincerado demasiado con ella.

—¿Dices que me equivoqué?

—Me temo que sí, Hadrien —esta vez sus ojos parecieron hurgar en mi interior, buscando la verdad—. Piénsalo por unos momentos. Ella venía de tener un triunfo emocional con su pasado. Cuando confrontó a mi hermano con la verdad de sus sentimientos, llenos de dolor y perplejidad por los que tuvo que atravesar, lo último que necesitaba oír de ti, en ese estado de vulnerabilidad, era que no pelearías por ella. Necesitaba seguridad, no lógica.

Mis pensamientos se detuvieron en seco. Sentí una risa nerviosa burbujeando en mi pecho.

—¡Porquería de cuestiones amorosas! —dije, sobrepasado por la complejidad de todo.

—Hadrien, tómatelo con calma. Estoy segura de que no harás nada que la lastime intencionalmente, solo debes tener cuidado con los momentos. Ailana se presenta como la típica mujer que retiene todo lo que le dan de forma absoluta. Si sospecha por un instante que tú serías capaz de marcharte por una situación hipotética como la que expusiste, eso la llevaría a concluir que no la amas lo suficiente. En todo caso, deberías ir a verla para no darle más espacio a sus dudas.

«Y yo debía tragarme cualquier prueba que el destino de porquería me arrojase a la cara. Tal parece que todo este asunto solo ha servido para provocar un genuino rompedero de cabezas en mí.»

—Es que ese constituye el punto, Abby. En mi hipótesis, ella se acuesta con otro. Lo desea y lo disfruta. Quiere pasar tiempo con esa persona. ¿Qué es lo que debo hacer si ella ha tomado la decisión consciente de arrebujarse en sus brazos? ¿Tratar de convencerla de su error con argumentos? ¿Pelear por ella si ha dispuesto en cuerpo y alma entregarse a ese sujeto?

—Si la amas...

—No y no. No pelearé por una mujer que me ha hecho a un lado solo para desvivirse con otro. No me importa cuánto la ame. Ella simplemente habría traicionado ese amor. Lo habría hecho polvo. Trizas. Lo habría colocado en un macetero olvidado y dejado que se secara. Siquiera le importó saber cómo me encontraba yo en esa fantasía. ¿En serio debo ir tras ella, sabiendo que se ha enredado con otro? La perdonaré y todo eso. Pero me iré hacia cualquier parte lejos de allí.

—Es decir... renunciarías a ella para siempre.

—Ella lo habría hecho primero. Yo... solo estaría firmando al pie de la página como alguien que ya no depende de ese amor roto.

—Un punto de vista comprometido y abierto —admitió Abby, asintiendo lentamente—. Me has dejado sin palabras.

Se puso de pie, levantó los brazos y comenzó con una serie de estiramientos musculares, mostrando una elasticidad envidiable.

—Suerte que no ha sido así en la realidad.

—No, claro que no. Solo fue una estupidez hipotética.

—Pero, en todo caso, deberías hablar con Ailana. Búscala, así no te llame. Creo que está esperando a que lo hagas. El orgullo es un muro difícil de saltar desde adentro.

—¿Lo crees?

—Absolutamente. Y no le digas que me has visto. Quizás no sepa cómo tomarlo. Nos vemos por ahí.

La sensual figura de Abby prosiguió su recorrido, perdiéndose entre los árboles del parque. En cuanto a mí, con un humor ligeramente mejorado por la catarsis, me dispuse a regresar. Corrí el trayecto a mi casa con el ánimo algo más despejado, sintiendo que, más allá del desconcierto respecto a todo y de cualquier posible malentendido que se hubiera generado entre Ailana y yo, no debía permitir que esto estorbara nuestra relación. Debía llamarla cuanto antes o, mejor aún, ir hasta su casa y romper el silencio.

Luego de un aseo que sirvió para aliviar la tensión muscular, me dirigí hasta el garaje. La oscuridad y el olor a aceite y gasolina me recibieron. Retiré la lona de mi Triumph Bonneville T120 Black. El metal frío bajo mis manos se sintió real, sólido. Prácticamente volé en ella hasta la casa de Ailana, sintiendo el viento golpear contra mi casco, una barrera física contra el mundo.

Como era de esperarse, aparqué en la esquina, manteniendo una distancia prudente, y observé desde allí la residencia de los Smith. La casa parecía tranquila, indiferente al drama que yo proyectaba sobre ella.

Nadie puede anticiparse a los vaticinios del futuro; ningún ser humano posee suficientes dones como para percibir los lienzos del mañana con claridad. Solo meras especulaciones, cálculos probabilísticos y un sinfín de análisis pueden arrojar algunos sellos proféticos acerca de los acontecimientos del mundo.

Pero no sobre los de una pareja cualquiera. No; eso requeriría mucho esfuerzo de la glándula pineal y una gran exigencia de la voluntad y de la mente para arribar a una posible reacción que lleve a vislumbrar la precisa ecuación dentro del sólido marco de los sentimientos que unen a un hombre y una mujer. El amor actúa como un vínculo vivo, y solo refleja lo que tu alma provee en ese instante preciso.

Aun así, y después de titubear un par de veces, con mis ojos clavados en el porche de la casa, la duda volvió a asaltarme. Me preguntaba si realmente sería capaz de abandonarla en el supuesto caso de que ella litigara su amor con alguien más. La teoría es un escudo fuerte, pero la práctica es una espada que corta.

Entonces la vi. Estaba debajo del umbral de la puerta. Ella me contemplaba, con su mano apoyada sobre una delgada columna blanca, como si necesitara soporte.

Dejé la moto y comencé a caminar hacia ella. Ailana llevaba un corto vestido de seda negro que ondeaba levemente con la brisa. Bajó los escalones hacia la vereda y noté que se encontraba descalza, vulnerable contra el cemento frío.

Me veía de una forma que nubló mi alma, una mirada plena de vida y, a la vez, cargada de una ternura suplicante.

Cuando estuve a unos pocos metros, la distancia entre nosotros se sintió nerviosa.

—Te amo, Ailana.

—Tonto —susurró ella, con la voz quebrada—, también te amo. Y no sabría qué hacer si me faltaras.

Corrió hacia mí, ignorando la dureza del suelo bajo sus pies, con lágrimas surcando su rostro. El beso intenso que recibí de sus labios cerró las puertas al miedo y no lo dejó entrar. Permaneció fuera de nuestras vidas, exiliado en la acera, y allí quedaría para morir de hambre y de sed, hasta que al fin no fuera más que una delgada lámina seca, cuyos restos se los llevaría el viento de Leeds.

—¿Por qué tardaste tanto, Hadrien? —preguntó contra mis labios.

—Pensé que... necesitabas espacio. Tiempo.

—¿Y para qué querría yo tiempo sin ti? —se apartó un poco, mirándome con frustración—. Ay, Hadrien, todavía insistes en darme espacio. ¿Qué pasará cuando nos casemos? ¿También vendrás con esa tonta idea de darme espacio cuando tengamos un problema? ¡Tú eres mi espacio, y yo soy el tuyo! ¿Quién fue el idiota que promulgó semejante estupidez? Eso solo ha servido para estafar en el amor y cometer traiciones a raudales. Después, claro, la culpa es del otro y... —aspiró con fuerzas, calmándose, y apoyó las manos sobre mi pecho, sintiendo mi corazón—. Lo lamento. Me estoy alterando de nuevo.

—Resulta igual. No tiene importancia.

Mi expresión, sin embargo, denotaba cierta apatía por lo ocurrido y por cada palabra que ella mencionaba al recordarlo. El sabor amargo persistía. Me vio por unos segundos y su semblante se turbó, confundido por mi falta de entusiasmo.

—¿Por qué de pronto siento que todo ha cambiado? —dijo luego de unos instantes, presa de una intuición que no le agradaba. Fue lo que percibí de ella, una vibración de inseguridad.

Me aparté suavemente y metí las manos en los bolsillos de mi pantalón, buscando refugio. Incliné la cabeza, mirando hacia la izquierda, hacia la calle vacía, y negué levemente, mientras esbozaba una triste sonrisa que poco esclarecía.

—Eh... Yo sé que no resulta necesario que te lo diga. Pero... por favor. Ya deja de pronunciar su nombre o de rememorar ese incidente. No me gusta. Y te lo vuelvo a repetir: la cuestión me perturbó profundamente. Me dolió cuando decidiste tomar de la mano a ese tipo. Y.... no digamos cuando lo llevaste contigo a un lugar apartado. Yo, te vi sonreír mientras hablabas con él de una manera que me dejó sin aliento, y no en el buen sentido. Hasta parecía que lo mirabas de un modo, no sé, de una forma peculiar, íntima. Todo se manifestó surrealista. Como te lo dije, todo ese lío me paralizó. Me aflojó del todo y, yo no supe qué hacer. Simplemente quedé ahí, de pie, viéndolos de reojo. Lo hacía como un miserable fisgón ignorante, excluido de mi propia vida. Y entonces, regresaste, me pediste tu cartera y luego me diste un beso en la mejilla, apresurado. Toda enojada. ¿Cómo pretendías que respondiera si no sabía lo que estaba pasando contigo?

—Lo lamento, amor. Lamento no haberte dicho nada en lo absoluto. Se trató de algo que se me ocurrió en el momento. No lo planeé. No esperaba encontrarme con él. Mi mente se puso en blanco y, simplemente, actué sin pensarlo. Mi deseo de arrojarle en la cara lo mucho que sufrí por causa de su atropello me cegó. Creo que el eco de mis heridas asomó a flor de piel y... yo quise... Yo busqué que lo supiera, que supiera la clase de imbécil que constituía. Pero fue un error.

No debí. Yo... no debí hacerlo. No cuando tú te encontrabas conmigo. Muchas cosas se me cruzaron por la cabeza. Y lo... lo siento. Lo siento mucho.

—Está bien —dije, aunque no sentía que todo estuviera bien—. De todas formas, ya no importa. Pasó y pasó. No me gustó, pero qué se le va a hacer. Conforme transcurran los días, lo iré superando. Debo hacerlo.

—Cariño —agregó apenada, recostándose nuevamente sobre mi pecho.

No respondí. Permanecimos por un largo rato sin pronunciar palabras, observando hacia el final de la calle que conducía hasta el río Aire, donde el agua fluía oscura y constante. Ailana estaba reclinada sobre mi hombro, buscando seguridad, y yo me hallaba allí, de pie, sin saber lo que podría venir de ahora en más. Tenía un feo y desagradable gusto amargo en mi boca, como de metal viejo. Las imágenes de ellos dos en el parque, en ese lugar apartado y cubierto de secretos, golpeaban mi mente con la persistencia de un martillo. Llámenlo infantil o inmaduro. No me interesa. No me agradó y punto.

CAPÍTULO 7

Ha transcurrido un mes completo desde que el peso de esta decisión comenzó a moldear mis horas. Y durante semanas, una idea específica se mantuvo orbitando en mi mente, una presencia constante que se negaba a desaparecer. Constituía, en esencia, un cambio de rumbo, un gesto que de seguro la desbordará por completo. En los primeros días, el titubeo se mostró como mi único compañero frente a ese enfoque tan sugestivo. Sin embargo, tras armarme de un valor que brotaba de lo más profundo de mi pecho, y con el fin de resolver de una vez por todas esa elaborada inquietud que no me dejaba dormir, me propuse llevar a cabo el plan.

Para tal fin, la invité a realizar un viaje hacia el Distrito de los Lagos, un paraje localizado al noroeste de nuestra posición. Se trata de un territorio donde el agua y la piedra se funden en una armonía que suele ser fuente de inagotables epifanías. Aquel sitio, empotrado con orgullo en la estampa del condado de Cumbria, ha servido de refugio para las más grandes almas, quienes hallaron inspiración en la humedad de su aire y en la altivez de sus cumbres. Al llegar, las riberas, las grietas en la roca, la verde floresta y los variados estanques que envuelven la región parecieron darnos la bienvenida, tal como en su día lo hicieron con los poetas lakistas. Allí, bajo cielos que parecen retener la luz de siglos pasados, muchas de sus obras cobraron vida. Ellos presenciaron con sus propios ojos, el portentoso dictamen de la elocuencia, enarbolando la bandera de los empoderados hijos de la literatura inglesa.

Mientras caminábamos por los senderos, sentí la fuerza de ese entorno. Los nudos de los setos se aprietan con una firmeza que recuerda al tiempo mismo; allí, los arbustos húmedos parecen examinar los cabellos desgreñados de los seres míticos que la tradición local describe. No tenemos nada que envidiarle a las costas de Irlanda; la corona perpetuamente verde del oleaje consagrado se encuentra aquí, en nuestros propios tesoros, en las planicies que se extienden detrás de las laderas. Son estas tierras las que enamoran y abrazan, con sus zarzas y peonías vivas, henchidas de una luz que parece brotar de la misma tierra. En mi interior, el corazón languidecía por la espera. No deseaba que mi destino se manifestara en la soledad, entre las raíces y las palpitaciones del sol, sino que anhelaba volcarme por completo a amar su espíritu, besando sus labios y contemplando esos ojos que conservan la pureza de una niña.

Sin revelarle mis intenciones, más allá de la instrucción de empacar lo necesario para un día de campo que prometía ser glorioso, aprovechamos los primeros rayos de luz veraniega. Solicité a mi novia que me acompañara en esta locura de esparcimientos espontáneos. Y durante el trayecto, las palabras fluyeron con naturalidad; hablamos de todo un poco, como suele decirse. Charlamos sobre los avances de mi novela, sobre el empleo al que ella pronto ingresaría y sobre una infinidad de temas que llenaban el espacio dentro del auto. De a ratos, detenía la marcha y bajábamos para capturar algunas fotografías, buscando retener la luz que se reflejaba en su rostro.

Finalmente, alcanzamos el punto que yo había marcado con meticulosidad en mi mapa personal: Bowness-on-Windermere. Desde ese pueblo, nos dirigimos a un pequeño puerto donde alquilamos un viejo bote de madera, que todavía se mostraba funcional y contaba con un pequeño camarote. Subimos nuestras pertenencias y zarpamos. El paisaje brotó ante nosotros en estampas de una viveza casi irreal, con manantiales y profundas corrientes que susurraban secretos al pasar. Percibíamos la música de ese gran panorama a nuestro alrededor, un sonido leve y cordial que envolvía la embarcación. Ailana observaba el entorno y las montañas que se recortaban en el fondo con una impresión de plenitud y satisfacción. Al verla en ese estado de contemplación infinita, el deseo de postergar el momento se evaporó. Cuando nos encontrábamos navegando en medio de esas maravillosas aguas tranquilas, me acerqué a ella.

—Ailana —dije, sintiendo que los nervios se manifestaban en el temblor de mi voz—, hubiera querido compartir lo siguiente en un sitio distinto, pero este me resultó el más apropiado de todos.

—¿A qué te refieres, Hadrien? —preguntó, al escuchar mis palabras cargadas de misterio.

—Desde el instante en que te conocí, la vida se transformó en una aventura de encuentros y horas extraordinarias a tu lado. Los días no se han ocultado tras acertijos ni mentiras escandalosas. Todo entre nosotros se ha mostrado verdadero, genuino y puro. Sin embargo, no deseo continuar de este modo —en ese momento, sus ojos adquirieron un tono sombrío; supongo que el temor de una ruptura cruzó por su mente. Fue solo cuando flexioné una rodilla sobre la madera del bote que su mundo se detuvo de manera definitiva. Esos magníficos ojos parpadearon, incapaces de dar crédito a lo que veían. Su rostro enmudeció y un ligero temblor recorrió todo su cuerpo—. Quería hacer esto la última vez que viajamos al Festival del Queso, pero no pudo ser. Hoy, sobre la cubierta de este modesto bote, deseo preguntarte: ¿quieres ser mi esposa y pasar el resto de tu vida conmigo?

—Hadrien —susurró, cubriéndose el rostro con las manos, en una mezcla de risas contenidas y llanto incipiente.

—¿Debería tomar ese gesto como un sí?

Se arrojó sobre mí con una fuerza que casi nos hace perder el equilibrio.

—¡Por supuesto que sí, mi amor! ¡Por supuesto que sí!

—Siento un alivio total entonces.

—Loco, ¿por qué dices eso? ¿Y por qué tardaste tanto tiempo en decidirte?

—Oh, bueno, se me presentaba la difícil tarea de escoger entre todo mi harén a la que me pareciera más...

Un ligero puñetazo sobre mi hombro fue su respuesta inmediata a mi broma.

Continuamos con la travesía durante un par de días más, recorriendo los rincones de ese ambiente prodigioso, cargado de mensajes y relatos poéticos. Nos dejamos envolver por los irregulares recodos de aquel bello rincón del planeta, mientras el mundo exterior continuaba tropezando con sus horas agitadas. Al regresar de esos páramos silvestres, con la fortuna de que el clima no se mostraba demasiado frío, Ailana comunicó la noticia a sus padres. Ellos se sintieron felices, aunque el señor Smith hubiera preferido que yo, en persona, le pidiera la mano de su hija antes de la propuesta. ¡Y por supuesto que no habría podido hacerlo, porque de seguro habría salido corriendo antes de formular la frase!

La fecha que dispusimos de común acuerdo para la ceremonia resultó ser el veinticuatro de diciembre, apenas unas horas antes de la Nochebuena. Me pregunto qué mejor época existe para sellar nuestras vidas y cumplir con el voto de permanecer juntos para siempre. En verdad, nos encontrábamos fuera de curso, y Ailana se mostraba más loca de felicidad que yo. El motivo la volvía todavía más cariñosa y atenta; sus palabras eran un desfile constante de "mi amor esto", "mi vida aquello", "mi cielo allá".

Para aquellos que piensan que esta historia se manifiesta como algo demasiado cursi y se dedican a criticar a todo el mundo, yo les respondo con firmeza. ¡Al carajo con la cursilería y con quienes dicen que todo resulta sensiblero! Prefiero hundirme diez mil veces en el lago de la poesía y el romance a formar parte de los célebres eruditos de este tiempo, esos que juzgan cualquier sentimiento profundo, pero no dudan en llamar zorras a las mujeres y maldicen a cada instante. Sus bocas actúan como caldos de letrinas y cloacas; se presentan como ratas nauseabundas que se deleitan en los basurales de la miseria humana.

¡Pobres desdichados que nunca sabrán lo que significa de verdad la dulce miel que arrulla el corazón! Por mí, que se marchiten en su libertinaje, en sus copas y en debates que solo alimentan la poca elocuencia de sus bajos instintos. Son patéticos pusilánimes, cuya arrogancia y falta de tacto en el amor jamás encontrarán cabida en los auténticos corredores de los sentimientos. Me tiene sin cuidado su juerga precaria y primitiva. Ellos jamás entenderán el mensaje oculto en las palabras. Sus mentes atrofiadas solo indagarán en el alcohol y el cigarro, en la copa temblante entre los dedos que la sostienen.

Afortunadamente, no todos se muestran así.

—¿Hadrien? —escuché a mis espaldas, mientras los brazos de Ailana rodeaban mi cuello—. ¿Piensas matar ese terrón de tierra? Lo has estado amasando con saña, mi querido jardinero.

Me encontraba inmerso en mis pensamientos mientras preparaba el suelo en el jardín de Ailana, un lugar que se manifiesta como un paraíso personal. Que no me percaté de que, debido a la intensidad de mis reflexiones, había descuidado la tarea y, en su lugar, exprimía con mis manos aquel elemento fértil.

—¡Vaya! No lo noté. Verás —dije, buscando una posición más cómoda en el suelo—, pensaba en aquellos que andan por la vida fastidiando las buenas costumbres del romance, tiñéndolo todo con la palabra "cursi". Quizás por esa razón no me di por enterado de que el desdichado terrón sucumbía ante mis observaciones.

—Pues tú bien sabes que yo me muestro igual que tú en ese sentido. Así que ya somos dos.

Varios meses se extendían por delante, cargados de preparativos y decoros. Ailana logró asumir su puesto como ejecutiva en una empresa local, mientras yo me dediqué por entero a terminar mi novela. Todos los mediodías, pasaba a recogerla en su trabajo para almorzar en mi casa. No obstante, y me dolía admitirlo, sentía cierta vergüenza de mi choza campestre. La residencia de sus padres, en cambio, se manifestaba como un modelo completo de hogar; su revestimiento resultaba incomparable y el interior lucía adornado con el mejor estilo inglés. Mi casa, por otra parte, constituía mi propio pantano. Cada vez que ella ingresaba a mi morada, notaba que le producía ciertas sensaciones de ternura. Lo supe por sus gestos y por las palabras que empleaba, utilizando términos diminutos para todo; mesita, sillita, cocinita, salita, camita. Una vergüencita, habrán de suponer, pero amistosa al fin.

El sol salió y se ocultó incontables veces durante ese periodo. A lo lejos, gemían los ecos de los latidos del mundo en su constante viaje a través del tiempo. De norte a sur, y de este a oeste, el viento sopló en ocasiones de forma aguerrida y prepotente, mientras que en otras se mostraba risueño y encantador. Las montañas, erguidas en lo alto y cubiertas de nieve y escarcha, se imponían en el fondo de los paisajes. Hasta que el momento señalado llegó y las horas se tornaron impasibles, cargadas de una inquietud creciente. Ailana se despidió de mí por espacio de una semana.

—Debo arreglar todo con mi madre, y no te veré hasta el minuto en que me veas ingresar a la iglesia.

—Que así sea, mi señora, que así sea.

Mis sentimientos adoptaron un tono taciturno, invadido por la ansiedad. Estaba a punto de contraer matrimonio y todavía no lograba asimilar la magnitud del evento. Regresé a mis actividades para evitar que la mente divagara en exceso. Al aproximarse el periodo final, el señor Smith y yo mantuvimos algunas conversaciones. Me relató historias sobre su hija, sobre lo mal que ella lo pasó durante una oscura travesía de soledad y depresión, y compartió anécdotas de su infancia y adolescencia. Con toda franqueza, el hombre se mostró abierto durante nuestras sesiones de plática.

—Estoy orgulloso de mi hija, muchacho, pero si he de estarlo de ella, ¿cómo no estarlo también de ti? Confieso que, en un principio, no mantuve una llama de esperanza por ustedes. Me costaba creer que un tipo como tú pudiera haber tocado el corazón de mi Ailana. Siempre sostuve que ella debía estar acompañada por un jefe erudito, un empresario o un profesional, no un escritor. Pero así lo eligió. No lo entendí entonces, más, comprobé con el paso de los días, el cambio favorable que se manifestaba en ella. Viéndolo en retrospectiva, escritor, puedo decirte que tu llegada le hizo bien, y eso me basta. Por eso, he decidido obsequiarte esto. Es nuevo. Pruébatelo y, si te agrada, es tuyo.

Me alcanzó un paquete forrado en papel madera. En su interior, envuelto con delicadeza, se encontraba un traje Spencer de tonalidad negra, hecho a la medida, con su respectiva camisa del mismo tono y un chaleco blanco. La corbata y los zapatos de cuero negro completaban el conjunto, estos últimos de una marca que yo apenas comenzaba a conocer.

—Señor Smith, no sé qué decir —balbuceé, conmovido.

—Cumple con tu palabra, hijo, solo eso te pido. Tienen el apoyo y el respaldo de mi esposa y el mío para lo que sea. No los dejaremos solos jamás, y eso mi Ailana lo sabe muy bien.

—Amo a su hija, señor Smith. Mi vida no jugaría ningún papel importante sin ella.

—Me consta, muchacho. Anda, pruébatelo.

Al constatar cómo se acercaban los días, yo, este gentil servidor de la causa y ahora inquilino bendecido, percibía con asombro la grandeza del compromiso que se avecinaba. El especial adagio, sosteniendo su invitación en alto, esperó por mí, paciente y leal. Atravesó el umbral de mi morada sin pronunciar palabra, tal como hace el viento al colarse por la ventana y acariciar las cortinas antes de llenarlo todo. Experimenté una mezcla de sosiego, dicha y una frescura que invadía mi alma. Me incorporé.

Solo un día distaba de mi próximo encuentro con mi elegante y futura esposa. Había escuchado relatos sobre lo que se siente al acercarse la hora en que la vida inicia un nuevo capítulo, pero hasta este segundo, mi mente se hallaba en blanco, sumergida en una nebulosa que impedía imaginar o crear cualquier tipo de alusión al respecto.

CAPÍTULO 8

El invierno se anunció aquel día con una luz blanca y tajante, una claridad despojada de sombras, que parecía descender sobre Leeds para dejar cada objeto en su sitio. Me desperté temprano y me quedé mirando el techo de la habitación, escuchando el silencio de la casa, un silencio que resultaba casi sólido. No se percibía viento, ni el menor rastro de esos nubarrones que suelen asolar el norte en esta época. El cielo se mostraba despejado, de un azul pálido. Atisbé en aquel orden exterior un equilibrio necesario, una paz que intentaba emular, aunque con el transcurso de las horas esa quietud se disipó.

La causa radicaba en mi propia ansiedad, un rumor que crecía bajo mis costillas y se desbordaba a su antojo, recordándome que el presente constituía una frontera que estaba a punto de cruzar.

Me hallaba inquieto, como resultaba previsible ante la magnitud de lo que me aguardaba. Me vestí con lentitud, sintiendo el roce de la tela nueva contra mi piel, un peso que se manifestaba extraño. Al observar mi reflejo en el espejo del pasillo, el sujeto que me devolvía la mirada presentaba el aspecto de un desconocido. Aquel hombre de traje oscuro y hombros rectos portaba una seguridad que yo no sentía del todo. Me animé en voz baja, pronunciando palabras de aliento para sostener la fragilidad de mi condición, intentando convencerme de que el pasado se encontraba finalmente donde debía; bajo llave.

Abby apareció en el umbral, moviéndose con esa soltura que siempre la caracterizó. Se acercó para realizar algunos retoques a mi atuendo, con sus dedos largos y firmes ajustando el nudo de mi corbata.

— ¿De verdad que no irás, Abby? —indagué, buscándola a través del reflejo plateado y luminoso del espejo.

Ella sonrió con una melancolía que apenas se dejaba traslucir y bajó el rostro, negando con la cabeza. Mientras pasaba un pequeño cepillo por mi espalda para quitar una mota de polvo invisible, su presencia servía de alivio para este servidor.

—Listo —dijo, dando un paso atrás—. Te ves bien, Hadrien. Auténtico. Resulta gratificante verte así. Estoy contenta por ti, y por ella. De verdad. Me siento feliz de que me hayas llamado para ayudarte en este preámbulo.

—Algunos lo verán algo sospechoso —comenté, intentando una ironía que se sentía pesada en mi boca—. Que una mujer se encuentre conmigo en estos momentos, encerrada en mi casa mientras el mundo espera afuera.

—Me vale tres cuartos lo que piensen los demás, Hadrien. El chismerío barato siempre habrá de existir y nos acompañará a todas partes, forma parte de la naturaleza de los pueblos y las ciudades. Quizás en el polo o la Antártida no exista, dudo mucho que el veneno de las lenguas se aventure a tales fríos. Pero aquí, el aire se alimenta de eso. ¿Tú cómo te sientes? ¿Estás bien?

—Ciento por ciento, Abby. Y gracias de nuevo por venir. Tu amistad constituye un refugio que no esperaba encontrar hoy.

—Todo saldrá bien —recogió su cartera negra y me dio un último vistazo. Su figura elástica y sobria se recortó contra la luz de la ventana, el vestido de seda de tonalidad oscura caía con una elegancia que se mostraba natural en ella—. De acuerdo, me iré ahora. Tienes una vida que empezar.

—Abby... —la detuve un segundo—. No sé por qué nos hemos encontrado en este punto de nuestras vidas y tampoco deseo adquirir suposiciones ilógicas, no obstante, me invade una gratitud profunda por el hecho de que podamos ser amigos. Después de todo lo que pasó, esto resulta un milagro pequeño.

—Yo también, Hadrien. Yo también lo siento así. En verdad lo digo —respondió, antes de darme un beso en la mejilla.

Se marchó sonriente, con un paso que denotaba una satisfacción genuina. Al quedarme solo, me sorprendí al descubrirme tranquilo. Las palabras compartidas actuaban como un pacto sellado entre el ayer y el ahora. La ansiedad dejó de gemir en mi pecho y el sustento de la confianza surgió con énfasis. Me sentía parte de una puesta en escena necesaria, una donde Ailana y yo nos manifestábamos como los únicos protagonistas legítimos, los dueños de un guion que habíamos escrito con esfuerzo.

Media hora más tarde, conducía el auto hacia el Cloverleaf Christian Centre. El trayecto por las calles de Leeds se me antojó más corto de lo habitual. El edificio de piedra de la iglesia, se alzó con solemnidad.

La cita se había fijado para las siete y media de la tarde. Llegué con la antelación debida para ultimar detalles, para sentir el espacio. Saludé a cuantas personas pude, aunque no conocía a la mayoría de los rostros que se agrupaban en el vestíbulo. Percibí, por el rabillo del ojo, el movimiento de los abrigos, los cuchicheos ahogados y las sonrisas que algunas mujeres intercambiaban al verme pasar. Avancé con paso firme hasta que me encontré con el señor y la señora Smith. Ella lucía un vestido de un azul eléctrico que competía con la frialdad del invierno afuera.

—Hadrien, cariño —dijo ella, tomándome de las manos. Sus palmas se sentían cálidas y algo húmedas—. Es verdad que estás muy guapo, ¿no es cierto, querido?

Su esposo, un hombre cuya presencia siempre resultaba imponente por su silencio, asintió con una brevedad casi militar.

—Mi amor, soy un hombre al igual que él, no puedo decir eso con tal ligereza. Pero diré que luce como todo un caballero, el hombre que mi encantadora niña merece.

—Por supuesto que sí. Y ya que estamos en este diálogo, ¿por qué no acompañas a nuestro yerno hasta su lugar en el altar? Yo iré a preparar a mi hija. Ninguno de ustedes se imagina lo bellísima que se muestra hoy. Es una visión que quita el aliento.

—No lo dudo, señora Smith —contesté, sintiendo un nudo de expectación en la garganta.

—Ven, patriota —dijo mi suegro, poniéndome una mano en el hombro—. Vamos hasta el último segundo de tu capitulación como soltero. Disfruta estos pasos, porque después de ellos, el mundo presentará un color distinto.

Caminamos por el pasillo central. El olor a cera de abejas y a flores frescas inundaba el recinto. Mi suegro pronunció algunas palabras de aliento antes de retirarse a ocupar su sitio. Me volví hacia el pastor, un hombre de rostro surcado por arrugas que parecían mapas de sabiduría.

—No te equivocas en tu elección, hermano —dijo, on una calma que se me antojó contagiosa—. Constituye la mejor decisión que has tomado en tu vida. Tranquilízate y confía en que todo saldrá con bien. El Gran Hacedor de todas las cosas ha predicho este momento para ustedes dos desde mucho antes de que se conocieran.

—Gracias, pastor. Sus palabras me sirven de mucho.

—Relájate ahora. Solo pon tus ojos en tu chica, que pronto vendrá por ese pasillo. Lo demás resulta accesorio.

Desde aquel instante, todo mi enfoque se situó en dirección a las grandes puertas de madera. Los minutos se sucedieron lentos, como gotas de agua espesa. De fondo, el organista interpretaba canciones de fe y esperanza, melodías alentadoras que influían en el ánimo de los presentes. Con disimulo, limpié el sudor de mi frente. Y entonces, las campanas sonaron, su tañido vibrando en el aire frío de la iglesia. Las puertas se abrieron de par en par. La eternidad pareció detener su andar en aquellos maravillosos instantes para dedicarnos una mirada exclusiva. A mi alrededor, el movimiento cesó y mis sentidos se concentraron únicamente en la amada figura que avanzaba.

Ailana caminaba con el rostro cubierto por un velo que se manifestaba como una nube de encaje. Parecía flotar con delicadeza, serena y mácula en su vestido blanco. En ese momento, la angustia no se encontraba presente, ni la guirnalda oscura del lamento de la frustración respiraba en las cercanías. El resentimiento había huido lejos, llevándose consigo al miedo. La vergüenza apresó a la osada soledad y la maniató de manos y pies para arrojarse juntas a las frías aguas de la ausencia. Este momento constituía el pináculo de un triunfo frente a la amargura, una plenitud que brillaba con la fuerza del mar golpeando los murallones de la costa.

Parpadeé varias veces, sorprendido por la luz que ella emanaba. Ailana se asemejaba a un ángel que visitara por primera vez el mundo de los mortales. Mis ojos indagaban en su andar y, sin poder evitarlo, escondí el rostro entre mis manos durante un segundo. Mis lágrimas fueron la mejor descripción de aquello que las palabras no logran alcanzar. La belleza de su avance, la apenas perceptible sonrisa que se traslucía a través del velo, lo decían todo. Lucía increíblemente hermosa, una visión que justificaba cada sacrificio previo.

Mi futura esposa llegó finalmente a mi lado. Pude comprobar en un instante de cercanía que ella también lloraba bajo el encaje. No comprendo mucho de telas ni de cortes de costura, así que obviaré los detalles técnicos del vestido, pero diré que su presencia irradiaba una ardiente expectativa. La multitud dejó escapar los acostumbrados indicativos de admiración, un susurro colectivo que llenó la nave de la iglesia.

Nos dispusimos frente al altar y escuchamos al reverendo decir palabras alusivas a nuestro compromiso. Me sentía liviano, sin peso alguno, dotado de una fuerza que resultaba nueva para mí. Sin embargo, llegó el punto de la ceremonia que todos conocen, ese instante de silencio cargado de tensión legal y religiosa: "si hay alguien aquí que no apruebe esta unión, que hable ahora o calle para siempre".

Ailana y yo nos miramos, sonrientes, presos de un amor que se mostraba inabarcable. Estábamos a pocos segundos de sellar nuestro destino.

— ¡Yo no lo apruebo! —estalló una voz desde el fondo, rasgando la solemnidad del ambiente.

El eco de esa frase resonó desde lo último del templo, rebotando en las paredes de piedra. Se trataba de una voz de mujer, una persona impulsada por una fuerza oscura que se alzó con determinación y autoridad. Alguien acababa de impeler una negativa rotunda a nuestro matrimonio. El salón se sumió en un frío repentino.

— ¡Yo me opongo! —volvió a repetir la mujer, avanzando por el pasillo—. ¡Porque esa mujer no constituye más que una ramera que se ha atrevido a violar la confidencialidad de un hombre al que manipuló con fines mezquinos! ¡Una mujer que desea lucrar sexualmente con él!

Las palabras resonaron con el impacto de un martillo golpeando una hoja de acero. Se despabilaron los juicios de los invitados y se sembró de pánico el rostro de Ailana. Temblorosa, me aferró la mano con una fuerza desesperada. Volteó para ver quién se atrevía a ensuciar su nombre de esa manera tan estrafalaria y cruel. Percibí la demencia en aquella voz, un tono anguloso y cetrino, como si fuera succionado por una elipse de dolor y cólera.

Varios hombres intentaron callar a la agitada mujer, pero aquel espíritu no se mostraba fácil de exorcizar. Ella arreció con ímpetu, buscando que el barco de nuestra felicidad encallara en las rocas. Las olas de la tragedia amenazaban con engullir nuestros ánimos.

— ¡Yo, la madre de un hijo desamparado y cubierto de flagelación y mentiras, me opongo rotundamente a esta unión! —gritó, abriéndose paso hasta el centro del pasillo con un clamor que se manifestaba como una herida abierta—. ¡Qué se practique la justicia de mi dictamen ante la vergüenza de esta celebración! ¡Yo te denuncio ante todos, muchacha engañosa! ¡Porque en tu vientre llevabas la herencia de mi hijo y lo destruiste! ¡Tú señuelo de inocencia ha privado de la vida a un inocente!

La mujer avanzó sin que nadie lograra detenerla. A mitad de camino aminoró el paso y señaló a Ailana con un dedo índice que parecía cargado de una maldición.

—Como madre, juré que el día que estuvieras por contraer matrimonio, te detendría exponiendo tu culpa. Esa falta que te has atrevido a ocultar como la asesina que eres.

Contemplé a la recién llegada. No presentaba el aspecto de una loca desaliñada, sino que observaba con la madurez e inteligencia de quien ha visto los peores momentos de la existencia. Su porte se mostraba elegante, con un vestir sobrio y una voz profunda que llenaba el espacio. Su rostro, acentuado por los años, todavía se veía vigoroso. Tenía cabellos rizados de color dorado, recortados a la moda. No parecía hablar por despecho gratuito, sino desde una convicción que resultaba aterradora.

Rodeado por la incertidumbre, sentí que Ailana temblaba como una hoja en medio de una tormenta. Su padre fue a enfrentar a la mujer, pero esta señaló al pastor con una calma gélida.

—Estoy en suelo sagrado, hermano —dijo ella—. Bien sabes que no puedes permitir la violencia dentro de estos atrios. Tengo derecho a ser escuchada.

El señor Smith increpó a la mujer con palabras duras, pero ella dio media vuelta y buscó la salida con una dignidad que resultaba altiva. La madre de Ailana se acercó a nosotros, profundamente nerviosa, pidiéndonos que nos tranquilizáramos, pero el daño se manifestaba ya irreversible en ese momento. Las acusaciones habían golpeado a mi novia de un modo brutal.

— ¡Solo recuerda y ten presente esto, niña! —exclamó la extraña antes de abandonar el sitio—. ¡Tu seducción te llevó a este preámbulo de mentiras! ¡Ese niño no tuvo la culpa, sin embargo, no reparaste en gastos para matarlo! ¿Cómo te atreves a venir vestida de blanco con la sangre escondida entre tus prendas? ¡La sangre de un inocente está en tus manos, pérfida víbora!

El eco de esas últimas palabras sacudió la figura de Ailana, quien se desmoronó hasta caer sentada sobre uno de los escalones del altar. Tardé unos segundos en reaccionar, aturdido por la violencia de la revelación. Con lentitud me aproximé a ella. No lloraba de forma convencional; su estremecimiento se encontraba fuera de control. Su rostro denotaba un fondo de angustia que yo nunca había presenciado. Me vio como si yo fuera una aparición en medio de una pesadilla.

— ¿Qué significa esto, Ailana? —atiné a decir, con una voz que no reconocí como mía—. ¿Por qué esa mujer ha dicho todas esas cosas tan horribles?

—No lo sabes... no lo he podido ocultar más... no pude hacerlo —susurró, con la mirada perdida en el vacío.

— ¿De qué hablas? Explícame por favor.

Su tono de voz quebrado silenció mis propias emociones, dejando un espacio vacío y frío.

—Es verdad todo lo que ha dicho esa mujer, Hadrien —las lágrimas comenzaron a inundar sus mejillas de nuevo y los sollozos brotaron de la fuente de su corazón—. Lo siento mucho. Te he mentido... no te he dicho toda la verdad sobre lo que sucedió hace años.

—Ailana, ahora no es el momento —intervino su madre, intentando cubrir la escena con un manto de silencio protector.

—No, madre, si no es ahora, ¿cuándo? —replicó, con una firmeza desesperada—. De todos modos, él lo sabrá tarde o temprano. No puedo empezar una vida sobre un cementerio de secretos.

—No entiendo nada de esto —dije, mirando a una y a otra, sintiendo que el suelo bajo mis pies se convertía en arena movediza.

—Oh, mi amado Hadrien, ¿cómo he podido ser tan cruel contigo? —sollozó—. Cuando lo único que has hecho ha sido pelear por mí, protegerme de todo...

Los sollozos invadieron su rostro de nuevo, impidiéndole continuar con la explicación. El pastor se aproximó con una discreción profesional y nos habló de una habitación pequeña detrás de la sacristía donde podíamos hablar a solas. Nos aseguró que no tendría impedimento alguno en posponer el evento hasta que todo se aclarase, si es que tal cosa resultaba posible. Asentí con la cabeza, incapaz de articular palabra. Ailana se dejó conducir, sumida en una perturbación que la alejaba de la realidad.

Ya en la habitación, un espacio reducido rodeado por cajas de himnarios y otros artículos litúrgicos, nos sentamos uno frente al otro. El aire allí olía a papel viejo y encierro. Ella se retiró el velo y me miró con una determinación que me recordó a nuestra primera vez en Gloucestershire. Sin embargo, su bello maquillaje no lograba ocultar la siniestra niebla que se había descolgado sobre su alma.

—Aidan —comenzó ella, y el nombre sonó como una maldición—. Mi amor... él llevó a cabo su intención. Él lo hizo, Hadrien. Me atrapó con una fuerza que yo no podía combatir...; yo, no pude deshacerme de sus manos —su llanto resultaba incontenible en aquel espacio tan pequeño—. ¡Yo luché contra él, Hadrien! ¡Luché con todas mis fuerzas! Deseaba escapar de aquel lugar, de aquella noche... pero no pude. Me violó con un salvajismo que todavía siento en los huesos. Me atrapó entre sus garras como un animal en celo y me profanó de una manera que no puedes siquiera imaginar. ¡Cielos, Hadrien, perdóname! No quise herirte. Tuve miedo de que, si lo sabías, te alejaras de mí. Tuve miedo de que me vieras como algo sucio. Lo siento. De verdad, lo siento mucho.

Mi mundo, aquel edificio que pensaba consolidar sobre la base de una emoción compartida, comenzó a desvanecerse frente a mis ojos. El cuadro perdía sus colores. Las energías para mantener el equilibrio no resultaban suficientes y la confesión de Ailana me enrollaba en una espiral sin vida. Desató en mí, temores y frágiles vaivenes. Aidan había perpetrado aquel ataque; él la había tomado sin amor, con una pasión infernal, victimizando a la mujer con la que yo soñaba construir un futuro.

Ailana volteó hacia un lado y apoyó sus manos sobre las rodillas. Instintivamente se cubrió el rostro con el velo, como si con ello pudiera apartarse de la tortura del recuerdo, impidiendo que yo viera la vergüenza que la consumía. En aquel silencio sin música, pude entrever la magnitud real de su sufrimiento.

—Ailana —logré articular finalmente—. ¿Esa fue la razón principal de tu depresión? ¿De ese aislamiento en el que te encontré?

—Esa noche, después de que me dejara en la puerta de mi casa con una mueca de satisfacción en los labios, no pude entrar —respondió ella, con la mirada fija en una grieta de la pared—. Me sentía manoseada, ultrajada hasta lo más profundo. En lugar de ingresar a mi hogar, caminé sonámbula por las calles de la ciudad, sin rumbo, hasta que me detuve bajo un árbol viejo. Allí, sin poder soportarlo más, con un dolor que crecía en mi alma, lloré con una furia que me desgarraba la garganta. Grité hasta quedarme sin voz —la pausa que hizo, la llevó a ese pasado a través de la grieta que la madre de Aidan había abierto a golpes de insultos—. No supe las consecuencias hasta que transcurrieron varios meses. Entonces comenzaron las náuseas, los mareos, los síntomas típicos de un estado de concepción. Mi madre me obligó a ir al médico y el doctor confirmó lo que ella ya sospechaba. Para ese entonces, la depresión me ahogaba como un agua turbia. Y ahora, además, debía aceptar que había una vida creciendo dentro de mí, como resultado de aquel acto violento. ¿Qué debía hacer, Hadrien? Pasé las noches en vela preguntándome por qué el destino se manifestaba de forma tan cruel —tomó un pañuelo y se limpió los ojos, aunque las lágrimas no cesaban de brotar—. Al final decidí que lo tendría. Intenté convencerme de que podría amarlo, pero estaba lejos de sentir esa recompensa de ser madre. Los largos y pálidos dedos de la muerte ya habían acariciado a mi bebé antes de nacer. Mi estado físico y mental no se mostraba favorable para sostener la vida —lloró con una fuerza que sacudió sus hombros, deteniendo el relato por unos segundos que se me hicieron eternos—. ¡Y lo perdí! ¡Lo perdí, Hadrien! —dijo, extendiendo sus manos hacia adelante, emulando el gesto de sostener algo pequeño y frágil—. ¡Lo perdí! ¡Perdí a mi bebé! —sus manos volvieron a ocultar su rostro y la aflicción atravesó su corazón con una violencia que conmovió el mío—. No logré conservarlo. Tuve un aborto involuntario en medio de una noche de fiebre. Los médicos hicieron lo que estuvo a su alcance, pero la bondad del cielo no alcanzó para retenerlo a mi lado. Solo pude ver cuando se lo llevaban envuelto en una sábana blanca... mi boca se abrió para gritar, pero no salió ningún sonido. Solo fue una exclamación ahogada, un gemir que todavía resuena en mis sueños.

Se entremezclaron varias reacciones en mi interior durante aquellos minutos desgarradores. Bajé la cabeza y pensé en la alegría que ella intentaba mostrar ahora, en su sonrisa, en la fuerza que desprendía en los últimos meses. Todo aquello le había sido arrebatado en los turbios años de su adolescencia. La experiencia la había inmovilizado, quitándole las ganas de existir. Sus ojos, que yo consideraba plenos de un brillo celestial, se habían apagado entonces por completo. Silenciada por la soledad, Ailana resultó una presa fácil para la depresión. Su alma se crispó y sus alas se rompieron como una hoja seca bajo el invierno. La imagen de su dolor me devastó. Salí de mi asiento y me arrodillé a su lado, en el suelo frío de la sacristía. La inquina de esa mujer extraña pretendía humillarla de nuevo, arrancarle el valor que tanto le había costado recuperar, dejarla ciega ante la posibilidad de ser feliz conmigo.

—Ailana —dije, colocando mi mano sobre las suyas, que se sentían como pájaros asustados—. Nada de esto fue tu culpa. Ni el ataque, ni la pérdida del niño. No eres una asesina. Eres una sobreviviente.

Elevó el rostro, buscándome con una mirada cargada de duda.

—Lo sé, Hadrien. Hoy lo sé... Pero no puedo estar tranquila sabiendo que te lo oculté. Supuse que podría enterrar para siempre ese momento que quemó mi espíritu hasta dejarlo en cenizas.

—Y hubiera sido así —comenté con suavidad—, de no ser por ese deseo de venganza que te impulsó hace poco. ¿Cómo se te ocurrió enfrentarlo de esa manera? ¿Por qué insististe en estar a solas con Aidan en aquel festival, con el fin de corroborar que ya no sentías angustia?

— ¡Tenía que hacerlo, Hadrien! —espetó, con una repentina chispa de enfado en los ojos—. ¡Yo debía enfrentarlo para recuperar mi poder! Él se manifestaba como un demonio en mi memoria, alguien que me poseyó con una ira iracunda, y yo debía expulsarlo físicamente, y eso fue lo que hice —e puso de pie, moviéndose por la habitación con una energía nerviosa que me turbó—. ¡Lo hice para probarme a mí misma que aquel pasado de sufrimiento ya no tenía garras sobre mí! —señaló hacia su propio pecho, envuelta en una crisis emocional—. Debía verlo a la cara y no bajar la vista. Debía hacerle creer que todavía podía acercarse a mí, que su veneno ya no me mataba. Y el muy idiota así lo creyó. Vino hacia mí como si nada hubiera pasado, como si el horror fuera una anécdota olvidada. ¡Un vil depravado que corre libremente sin penas ni culpas! Pero yo me encargaría de mostrarle que se equivocaba conmigo. ¡Y lo hice! Conozco su orgullo y sé que le dolió verme en tus brazos, sé que le dolió saber que ya no me poseía. Pensó que podría tenerme de nuevo, el miserable. Me destrozó por dentro una vez, rompió mi voluntad y mis ganas de vivir. ¿Y creía que saldría impune de todo aquello?

Me dio la espalda y permaneció viendo fijamente una cruz de madera empotrada en la pared del fondo. El silencio que siguió fue denso, cargado de las sombras de lo no dicho.

—Esto me ha sobrepasado —admití, levantándome también—. Pero no ignoro cómo debes sentirte. No tengo palabras exactas para expresar lo que siento al saber por lo que pasaste.

—No las busques —dijo, volviéndose—. Solo escúchame. Es lo único que pido. Que me escuches y comprendas mi dolor. Y que entiendas el porqué de toda esa puesta en escena que monté en el festival del queso. Fue una estupidez, lo reconozco ahora. Al final, no sirvió de nada. El muy cretino de seguro se rio de mí al llegar a su casa, se encogió de hombros y fue tras la siguiente mujer que pudiera atrapar. Mi charada resultó una completa inutilidad. Fue estúpido y solo me rebajé al intentar darle una lección a alguien que no tiene conciencia —elevó el rostro y soltó una risa teñida de amargura—. ¡Porquería! Solo hice el ridículo. Como si a él le importara algo de lo que yo sentía. No sé qué pretendía lograr... no conseguí nada con mi forma de actuar. Carajos. Me hace sentir tan mal que todavía desvarío en mis impulsos. Fue una infantilidad. Y ahora viene esta mujer, esta madre de porquería, a insultarme en mi propia boda como si yo fuera la instigadora de su desgracia. Bruja mal nacida.

Exclamó aquello forzándose por no gritar demasiado alto, para no alertar a los invitados que todavía aguardaban afuera. Un ronco sonido se escapó de sus labios. Inmediatamente, apoyó los puños sobre su boca. Yo observaba todo con detenimiento, preocupado de que sufriera un colapso nervioso, pero Ailana presentaba una resistencia que resultaba admirable.

Finalmente, llevó las manos a la cintura y elevó el rostro hacia el techo, negando con la cabeza. Me acerqué a ella.

—No me importa nada de eso, Ailana —dije con firmeza, obligándola a mirarme—. En lo que a mí respecta, tú no mataste a nadie. Ese bebé se fue para encontrar un lugar mejor, lejos de la violencia que lo originó. En lo que a mí concierne, esa pequeña alma descansa y un día, si hacemos las cosas bien en esta tierra, puede que hasta yo lo conozca. Mientras tanto, tenemos una cita con nuestro destino y ese destino se encuentra fuera de esa puerta. Lo que siga de ahora en adelante lo arreglaremos juntos. Solos tú y yo contra el mundo.

— ¿No estás siquiera molesto por todo esto?

—Preciosa, no permitiremos que una mujer que ha consentido las bajezas de su hijo y que vive resentida nos arruine la vida. Te amo y eso constituye lo único que tiene importancia hoy.

Solo en ese instante percibí que su cuerpo se aflojaba. El color regresó a sus mejillas y la rigidez de sus hombros desapareció.

—Hadrien, creí que mi alma se caía a pedazos y que mi corazón se rompía definitivamente.

— ¿Por qué pensaste eso?

—No lo sé... creí que te marcharías, que te molestaría el hecho de que te lo oculté, que me verías de otra forma después de oír esas palabras de ramera y asesina.

— ¿Me amas, Ailana? —le pregunté, tomándole las manos.

— ¿Por qué lo preguntas? Sabes que te amo más allá de cualquier límite. Te amo con cada fibra de mi ser. No puedo respirar si no estás junto a mí. Tú constituyes mi mundo entero, Hadrien.

—Esas son mis líneas —respondí con una sonrisa leve—. ¿No crees que debemos seguir adelante con esto?

— ¿Porque es nuestro milagro?

—Porque es nuestro milagro.

Se arrojó a mi cuello y descargó toda su emoción acumulada en una mezcla de llantos y risas que sirvieron para limpiar el aire pesado de la sacristía.

Decidimos continuar. Los pocos invitados que se habían arriesgado a permanecer en sus asientos, luego de una hora de incertidumbre, se mostraron sorprendidos al vernos regresar. Salimos tomados de la mano, dispuestos a seguir el camino que habíamos trazado. Los aplausos no se hicieron esperar y las campanas de la iglesia sonaron una vez más, con una fuerza que parecía desafiar cualquier mal augurio. Las melodías de esperanza inundaron el recinto de nuevo.

Aquel no representaba nuestro fin, sino nuestro verdadero inicio. La vida para nosotros apenas comenzaba. Ailana nunca se vio más hermosa que en esa hora de dudas y reproches, de insultos y amenazas. El revuelo ocasionado por la insensible mujer no logró apagar la llama que ardía en nosotros, ni opacó mi interés por la mujer que tenía al lado. Los presagios de tragedia finalizaron y las acusadoras voces se ahogaron en su propio desprecio. La pluma de la felicidad se dispuso a escribir las primeras letras de nuestra nueva historia.

Nuestra boda brilló con luces propias y yo besé a mi esposa frente al altar, sintiendo que el mundo volvía a su eje. Ailana recuperó su jovialidad y la firmeza de su valor se manifestó en cada gesto. El señor y la señora Smith se veían profundamente emocionados; al fin todo salía como debía para su hija. Más tarde, recordaría el fuerte abrazo que recibí de mi suegro, un gesto tan vigoroso que mis vértebras crujieron bajo la presión, pero fue un dolor que recibí con gusto.

A nuestra fiesta asistieron los amigos más íntimos y aquellos que habían tenido el coraje de quedarse. Bailamos y reímos, atrapados en una burbuja de privacidad que nadie podía romper. Agradecimos a todos su presencia y nos retiramos temprano, ansiosos por comenzar nuestra vida privada.

Afuera del salón, la luna llena nos iluminaba con una claridad plateada. Y juraría que, por un segundo, vi algo similar a un ser alado recorriendo el firmamento, como un rayo que sigue un curso lateral al disco lunar. Contemplé el cielo con atención, pero no pude distinguir nada más. Muchas cosas prodigiosas habitan en este universo y yo estaba dispuesto a creer en todas ellas.

Un auto pasó por nuestro lado y se detuvo con un chirrido suave. Una elegante dama de cabellos dorados descendió del vehículo con una sonrisa radiante.

— ¿Ailana? ¿Eres tú? —preguntó la mujer.

— ¡Sandy! ¡Te habías perdido por completo! —exclamó mi esposa, acercándose a saludarla.

—He estado trabajando aquí y allá, ya sabes cómo es este negocio —respondió Sandy—. ¿Cómo estás? ¿Qué digo? ¡Felicidades por la boda! Luces radiante.

—Gracias. Este es Hadrien, mi esposo.

—Un placer, Hadrien —dijo Sandy, estrechándome la mano.

—Lo mismo digo, Sandy.

—Bien, me alegra mucho verlos y de nuevo los felicito por este paso. Lamento no haberme quedado para la ceremonia, pero el tiempo se me escapó.

— ¿Mucho trabajo? —preguntó Ailana.

—Ya sabes cómo soy. Solo he salido a dar una vuelta para despejar la cabeza y ya debo regresar a mis asuntos. Debemos juntarnos en otro momento con más calma.

—Sería genial, amiga. Cuídate mucho y no conduzcas muy a prisa, que la noche está fría.

—Lo haré. Disfruten de lo suyo, se lo merecen. Me agradó mucho verte, querida Ailana. Te mereces toda la felicidad del mundo por todo lo que has atravesado. Que el Cielo los favorezca en todo lo que emprendan.

Sandy abrazó a Ailana con afecto y me dio un cálido apretón de manos antes de subir a su auto. El vehículo partió, perdiéndose en la oscuridad. Ailana y yo, tomados de la mano, buscamos nuestro coche. Nos perdimos entonces por las solitarias calles de Leeds, dejando el bullicio de la fiesta, en busca de nuestra propia luna de miel. Atrás quedaba el dolor y los secretos; frente a nosotros, el camino se mostraba abierto y lleno de promesas.

Eli Key

ACERCA DE LA AUTORA

ELI KEY (23 AÑOS) ES una escritora y poeta argentina cuya obra se sumerge en las profundidades de la condición humana, explorando los grises que habitan entre la luz y la sombra. Con una voz versátil y audaz, su pluma transita con naturalidad desde la crudeza del *Grimdark* y la majestuosidad de la fantasía épica hasta la sensibilidad del romance contemporáneo. Apasionada por rescatar las emociones ocultas en la historia y los mundos imaginarios, Eli busca en cada una de sus obras humanizar el mito y dar voz a lo silenciado. Para ella, escribir es el acto de cartografiar cicatrices, ya sean las de un héroe de guerra o las de un alma en busca de su propia patria. Con una mirada joven pero cargada de intensidad, Eli Key invita a sus lectores a habitar relatos donde la lealtad, el sacrificio y la búsqueda de la verdad son los únicos nortes posibles.

La presente obra, fue en primera instancia un relato que ocurriría en Argentina, en un renombrado evento folclórico de ese país; pero debido al rechazo que obtuvo por su forma de conducirse en un lenguaje que no involucraba el "argentino propio" y tras haber recibido críticas de su forma de escribir, muy a lo victoriano, y de haber sufrido más de 200 rechazos en diversos concursos literarios, decidió mudarse con guion y todo, hacia Leeds, y transformar por completo su historia en una vivencia mas inglesa.

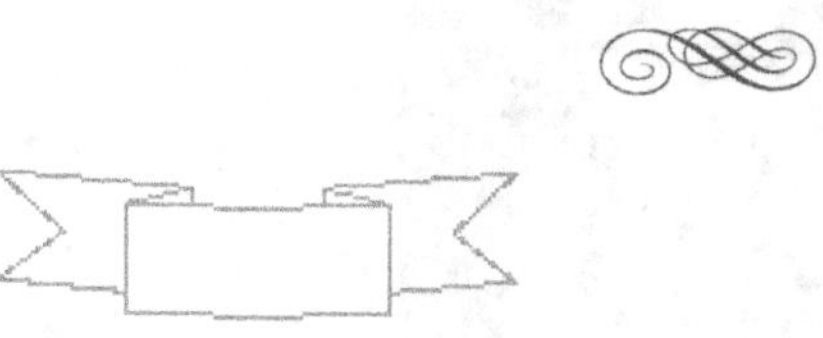

Don't miss out!

Visit the website below and you can sign up to receive emails whenever Eli Key publishes a new book. There's no charge and no obligation.

https://books2read.com/r/B-A-UWGEB-KYMZC

Also by Eli Key

Cascadas de Perlas Zafiro
Alyséth: Crónicas de Magia y Guerra
La Prisionera de las Mil Noches

Corazones Entrelazados
Un invierno cualquiera en Newport
Erase una vez en el festival del queso rodante en Gloucester
Decepciones y Causalidades en Leeds
El atardecer del último día de otoño

Presagios Vespertinos
Regiones Encadenadas
Cuando caen las Sombras
Clérigos y Guardianes

Standalone
Cuando el corazón siente la obligación de continuar
Por muy difíciles que sean las cosas...

Cómo escribir un libro
Decisiones de Acero
El Secreto de la Niña de Madera
El Podador y el Corazón Lúgubre
La esclava y las estrellas
LA PORTADORA DEL UKRAFT
EL CANTO DEL SÉPTIMO SELLO

About the Author

Eli Key, de 22 años; oriunda de Gualeguaychú. Provincia de Entre Ríos, Argentina, es estudiante de marketing y trabaja como niñera para poder pagarse sus estudios. A partir de los doce años comenzó a escribir, y no fue hasta que leyó a Charlotte Brontë ya sus hermanas Anne y Emily, que comenzó a interesarse seriamente en la literatura. Después de conocer a Emily Dickinson; Richard Bach; Patrick Leigh Fermor; Megan Mayhew Bergman y Joan Didion, entre otros; se decidió a incursionar en ideas más decentes y prolijas, relativo a la narrativa y a las prolijidades de los textos. A partir de los dieciocho años, se arrojó de lleno a escribir todo cuanto pudiera salir de su pluma. Después de probar en varias plataformas digitales y de explorar los blogs, se decidió autopublicar en Draft2 Digital. Y mientras el país donde vive se debate en un mar de angustias y déficit económico; ella se esfuerza cuanto puede para depurar sus obras. *La vida no es fácil, se hace lo que se puede con lo que se tiene, pero al final de una tormenta siempre sale el sol;* es lo que dice siempre.